A marca FSC® é a garantia de que a madeira utilizada na fabricação do papel deste livro provém de florestas que foram gerenciadas de maneira ambientalmente correta, socialmente justa e economicamente viável, além de outras fontes de origem controlada.

ÁLVARO ENRIGUE

Morte súbita

Tradução
Sérgio Molina

Copyright © 2013 by Álvaro Enrigue
Editorial Anagrama S.A.

Grafia atualizada segundo o Acordo Ortográfico da Língua Portuguesa de 1990,
que entrou em vigor no Brasil em 2009.

Título original
Muerte súbita

Capa
Claudia Espínola de Carvalho

Foto de capa
Denis Diderot, gravura de Robert Benard/ Bridgeman/ Fotoarena

Preparação
Silvia Massimini Felix

Revisão
Carmen T. S. Costa
Isabel Jorge Cury

Dados Internacionais de Catalogação na Publicação (CIP)
(Câmara Brasileira do Livro, SP, Brasil)

Enrigue, Álvaro
　　Morte súbita / Álvaro Enrigue ; tradução Sérgio Molina.
— 1ª ed. — São Paulo : Companhia das Letras, 2016.

ISBN 978-85-359-2715-3

1. Ficção mexicana I. Título.

16-02190　　　　　　　　　　　　　　　　　CDD-863

Índice para catálogo sistemático:
1. Ficção : Literatura mexicana　863

[2016]
Todos os direitos desta edição reservados à
EDITORA SCHWARCZ S.A.
Rua Bandeira Paulista, 702, cj. 32
04532-002 — São Paulo — SP
Telefone: (11) 3707-3500
Fax: (11) 3707-3501
www.companhiadasletras.com.br
www.blogdacompanhia.com.br
facebook.com/companhiadasletras
instagram.com/companhiadasletras
twitter.com/cialetras

Sumário

Primeiro set, primeiro game, 14
Decapitação I, 19
Primeiro set, segundo game, 24
Alma, 28
As pelas de Bolena, 31
"Mudando mundo e terra", 35
Primeiro set, terceiro game, 40
Degola, 47
A bola direita é o Santo Padre, 50
Primeiro set, quarto game, 54
Tênis, arte e putaria, 58
O testamento de Hernán Cortés, 60
"La vermine hérétique", 64
O brasão de Cortés, 66
Cabeças gigantes, 69
Troca de quadra, 75
Almirantados e capitanias, 78
Paraíso, 83

Fuga para Flandres, 85
O banqueiro e o cardeal, 87
Segundo set, primeiro game, 90
Classe média, 94
Bodas, 95
Concílio jogado, concílio ganho, 98
"Lo studiolo" de Giustiniani, 104
Segundo set, segundo game, 108
Te-déum entre as ruínas, 113
O segundo incêndio de Roma, 119
Miséria, 122
Judite cortando a cabeça de Holofernes, 123
Segundo set, terceiro game, 129
Jogo de bola, 130
Além-túmulo, 134
Sobre a falta de senso de humor de quase todos os papas, 136
Medo, 143
Vocação de são Mateus, 149
Corridinhas, 154
Bola, 157
Academias del jardín, 161
O encontro, muito foda, de dois mundos, 164
Cesta de fruta, 170
Iridescência, 174
Terceiro set, primeiro game, 180
O amor que não diz seu nome, 185
Ex, 187
Roubo, 190
Padres que foram uns porcos, 192
Terceiro set, segundo game, 196
Contrarreforma, 202
Terceiro set, terceiro game, 209

Utopia, 214
Terceiro set, quarto game, 219
Encontro de civilizações, 225
O manto do imperador II, 226
Terceiro set, quinto game, 235
O agarrado do papa, 238
Terceiro set, sexto game, 244
Sete mitras, 245
Morte súbita, 250
Agradecimentos, 251
Nota bibliográfica, 253

À Magra Luiselli.
Aos três García: Maia, Miqui, Dy.
A Hernán Sánchez de Pinillos, que me ensinou a ler.

O mais antigo registro escrito da palavra "tênis" não se refere aos sapatos concebidos para a prática de exercícios, mas ao esporte do qual o termo deriva e que foi, a par da esgrima — seu primo-irmão —, o primeiro a exigir um calçado especial para ser jogado. Em 1451, Edmund Lacey, bispo de Exeter, Inglaterra, definiu o jogo com a mesma ira surda com que minha mãe se referia aos meus All Star da juventude, sempre à beira da desintegração: *Ad ludum pile vulgariter nuncupatum* Tenys. No decreto de Lacey, a palavra *Tenys* — em vernáculo — está associada a frases com o cheiro ácido das atas judiciais: *Prophanis colloquiis et iuramentis, vanis et sepissime periuriis illicitis, sepius rixas*.

No seminário de Santa Maria de Exeter, um grupo de noviços vinha usando as galerias cobertas do claustro para disputar partidas contra os rapazes da cidade. O tênis daquele tempo era muito mais violento e ruidoso que o nosso: uns atacavam, outros defendiam, não havia rede nem linhas, os pontos eram arrancados a unhas e dentes, acertando a bola numa caçapa chamada "cadoz". Como era um esporte inventado por monges mediterrâneos, tinha conotações salvíficas: os anjos atacavam, os demônios defendiam. Era uma questão de morte e além-túmulo. A bola como alegoria do espírito que vai e vem entre o bem e o mal tentando entrar no céu; os mensageiros lucíferos fazendo de tudo para barrá-la. A alma em frangalhos, como meus tênis.

O brioso pintor barroco Michelangelo Merisi da Caravaggio, muito dado ao jogo, viveu seus últimos anos no exílio por ter deixado um adversário varado por espada numa quadra de tênis. A rua onde o crime aconteceu até hoje se chama *Via della Pallacorda* — rua da "bola-rede" — em memória do incidente. Caravaggio foi condenado à morte por decapitação em Roma e passou anos fugindo entre Nápoles, Sicília e Malta. Entre uma encomenda e outra, pintava aterradores quadros sobre decapitações nos quais ele mesmo era o modelo das cabeças cortadas. Mandava as telas ao papa ou a seus representantes, como uma entrega simbólica para propiciar seu indulto. Foi por fim apunhalado por um sicário dos Cavaleiros de Malta, aos trinta e nove anos, na praia toscana de Porto Ercole. Embora fosse tão exímio com a espada e o punhal como com os pincéis e as raquetes, a sífilis alucinatória e o saturnismo o impediram de se defender. *Sepius rixas*. Já havia sido indultado e afinal ia regressando a Roma.

Faz alguns anos, compareci a uma das trezentas mil feiras do livro realizadas a cada semana em todo o mundo hispânico. Um crítico literário local me achou tão intragável que não resistiu a me passar um sermão. Como não teve tempo nem energia para ler um livro meu e destruí-lo, publicou o seguinte em seu blog: "Como ele se atreve a se apresentar diante de nós com os tênis nesse estado?". *Vanis et sepissime periuriis illicitis!*

É normal que aqueles que se sentem investidos de qualquer tipo de autoridade se queixem dos tênis, de nossos tênis. Eu mesmo costumo dar broncas como cheques sem fundos sobre os Adidas de meu filho adolescente. Usamos os tênis até o ponto em que levá-los nos pés num dia de chuva vira um suplício. As figuras dadas a mandar os odeiam porque são impermeáveis aos seus ditames.

Na cena inicial da comédia renascentista britânica *Eastward Ho*, um criado chamado Quicksilver entra em cena vestindo uma capa e calçando sapatilhas de salão — umas pantufas com grossa sola de lã que são o primeiro ancestral de nossos tênis. Seu senhor, preocupado com o que entende ser um sinal de que o jovem está à beira da perdição num mundo de trapaceiros, apostadores e assassinos, suspende sua capa. Vê então que ele carrega na cinta uma espada e uma raquete. Mais uma figura com autoridade que descobre os defeitos essenciais de alguém por causa de seu calçado esportivo: mãe, crítico, bispo, chefe.

Quando a aparência de um calçado de couro piora, leva-se o dito-cujo ao sapateiro para que lhe devolva a triste louçania de um rosto recauchutado numa cirurgia plástica. Os tênis são peças únicas: não têm conserto, seus méritos se fundam nas cicatrizes de nossos maus passos. Meu primeiro par de All Star teve uma morte súbita. Um dia voltei do colégio, e minha mãe já o tinha jogado no lixo.

Não deve ser coincidência que, no México, para nos referirmos à morte de alguém, digamos que o sujeito "pendurou os tênis", que "saiu com os tênis para a frente". Somos apenas nós mesmos, estamos em processo de decomposição, fodidos. Usamos tênis. Vivemos indo e vindo entre o mal e o bem, entre a felicidade e as responsabilidades, entre o ciúme e o sexo. A alma de um lado para o outro da quadra. Este é o saque.

Primeiro set, primeiro game

Sentiu o couro da bola entre o polegar, o indicador e o dedo médio da mão esquerda. Quicou-a contra o piso uma, duas, três vezes, girando o cabo da raquete na direita. Deu-se tempo para medir o espaço da quadra: o sol do meio-dia era insuportável por causa da ressaca. Respirou fundo: a partida que estava prestes a deflagrar era de vida ou morte.

Enxugou as pérolas de suor da testa e tornou a rolar a bola entre os dedos da mão esquerda. Era uma bola esquisita: muito surrada e recosturada, um pouco menor que o normal, sem dúvida francesa, por sua solidez; quicava de um modo um tanto febril se comparada às bolas de ar espanholas com que ele estava acostumado a jogar. Olhou para o chão e raspou com a ponta do pé a linha de cal que marcava o fundo de sua quadra. Sua perna mais curta deveria ficar um pouco atrás da risca: o fator surpresa que o tornava invencível com a espada e não tinha por que não torná-lo com a raquete.

Ouviu uma gargalhada do adversário, que estava esperando o saque do outro lado da corda. Um dos proxenetas que o acompanhavam acabara de murmurar alguma coisa em italiano. Pelo menos um deles lhe era familiar: um homem de nariz proeminente, barba ruiva e olhos tristes — o modelo que havia representado o papel do santo coletor de impostos em *Vocação de são Mateus*, que a igreja de San Luigi dei Francesi ostentava como sua mais recente aquisição. Jogou a bola para o alto e gritou *Tenez!* Sentiu a tripa de gato vibrar quando a apanhou com toda a alma.

Seu adversário acompanhou a bola com os olhos enquanto ela se elevava até a cobertura da galeria. Quicou na beirada. O espanhol sorriu: seu primeiro saque tinha saído envenenado, impossível de alcançar. O lombardo se descuidou, convencido como estava de que um coxo não seria páreo para ele. O poeta comentou com aquela voz rápida e aguda com que os castelhanos perfuram paredes e consciências: Mais vale coxo que maricas. Ninguém festejou sua piada do outro lado da quadra. O duque, em compensação, olhou-o de seu posto na galeria coberta com o sorriso discreto dos grandes boêmios.

Com o tempo, o juiz de quadra do poeta chegaria a ser o grande de Espanha a que seu título lhe dava direito, mas no outono de 1599 não tinha feito nada além de estragar o próprio corpo, vulnerar o nome de sua casa, mergulhar sua mulher no desassossego e infernizar a vida dos validos do rei. Era um homem atarracado e audacioso. Tinha o rosto redondo, o nariz pontudo e quase cômico, uns olhos de caroço de toranja que se enchiam de ironia até quando estava de bom humor, o cabelo curto e crespo e uma barba quase inverossímil, que o fazia parecer mais tolo do que era. Assistia à partida com a atitude de desdém e malícia que mantinha diante de tudo, sentado sob a arcada de madeira em cuja cobertura a bola devia rebater para que o saque fosse dado como bom.

O lombardo se posicionou na metade da quadra, atrás da

linha de fundo. Ficou em posição de arranque, à espera do repique do tiro do espanhol. A turma de vadios que o acompanhava agora guardava um silêncio respeitoso. O poeta tornou a sacar e tornou a ganhar o ponto. Tinha colocado a bola quase de seu lado do telheiro, conseguindo que caísse praticamente morta no campo do adversário. O duque gritou o marcador: 30-Love, que soou como "lof". Os italianos entenderam perfeitamente o que ele disse.

Mais seguro de si, o espanhol enxugou a palma da mão direita no calção. Rolou a bola na esquerda. Suava o suficiente para carregá-la de efeito sem necessidade de cuspir nela. Não era por causa do calor, mas da febre que lança num purgatório de calafrios quem bebeu demais e ainda não se recuperou. Girou o pescoço em círculos, fechou os olhos, limpou o nariz com a manga. Apertou a bola. Não era uma pela normal; tinha algo de irregular, como se, mais que uma bola, fosse um talismã. Pensou que por isso seus saques estavam saindo indefensáveis e que teria de se cuidar do efeito que seu dono, que a conhecia melhor, poderia transmitir-lhe quando fosse sua vez de sacar.

Firmou a raquete e jogou a pela para o alto. *Tenez!* Bateu com tanta força que sentiu a rotação da Terra se retardar por uma fração de segundo quando sua perna mais curta voltou a se firmar no chão. A bola ricocheteou caprichosamente na cobertura da galeria. O lombardo jogou bem o corpo. O espanhol tentou matar o revide curto, mas não conseguiu. O ponto prosseguiu: para sorte do poeta, a bola bateu num dos postes e ele pôde apanhá-la por tabela, cravando-a no fundo da quadra. A solução foi boa, mas a manobra foi muito longa e a surpresa era o único método que tinha para compensar a experiência de seu adversário na quadra. O milanês não teve problema em recuar e cravar um drive que o poeta não teve como devolver.

30-15, gritou o duque. O único sujeito discreto entre os acompanhantes do lombardo era seu juiz de quadra — um professor de matemática silencioso e envelhecido. Entrou em campo para traçar uma cruz de giz no lugar onde a bola tinha quicado. Antes de fazer a marca, virou-se e olhou para o padrinho do espanhol. O duque concordou, com afetada indiferença em seu modo de erguer os ombros, que a risca estava bem posta ali. O poeta demorou a voltar para sua posição. Aproveitando a lentidão com que o professor de matemática marcava o piso, aproximou-se da galeria. Ele é muito bom, disse-lhe o duque quando esteve ao seu alcance; não darias uma paralela como essa nem nos teus melhores dias. O poeta inflou as bochechas e soltou o ar numa bufada. Não posso perder, disse. Não podes perder, confirmou seu padrinho.

O ponto seguinte foi longo e suado. O espanhol se defendeu junto ao muro, devolvendo bolas como se estivesse sob o ataque de um exército. Avança, avança, gritava-lhe o duque sem parar, mas a potência de seu inimigo tornava a forçar seu recuo cada vez que conseguia se adiantar um pouco. Num momento crucial, teve que defender um drive dando as costas para o adversário — uma jogada vistosa mas pouco eficaz. O lombardo apanhou a bola num voleio curto e voltou a fuzilar o muro. A bola pegou muito perto da caçapa — se entrasse, o artista ganharia o game de uma tacada. 30 iguais, gritou o duque. *Parità*, confirmou o professor. O poeta fez um lançamento que repicou na beira da galeria. Dentro e inalcançável. 45-30. Vantagem, gritou o nobre espanhol. O matemático confirmou serenamente.

O ponto seguinte foi disputado com mais inteligência que força: o poeta não se deixou acuar e por fim conseguiu forçar o artista a desproteger um canto. Na primeira bola curta, eliminou-o. *Juego*, gritou o duque. *Caccia per Spagna*, gritou o professor.

Regra

RAQUETA. Jogo como o da pela. Um jogador defende e outro ofende, depois o contrário. Havendo empate, com corridas se decide quem defende e quem ofende no terceiro lance, chamado morte súbita. Quando se dá o saque, é forçoso que a bola bata em um pequeno tablado que há na banda da quadra, de onde cai dentro e é devolvido. Raqueta chama-se também a pala com que se joga este jogo, feita de madeira de parte a parte e tendo no centro uma rede de rijas cordas de viola. Tomando-a pelo cabo, devolvem-se as bolas com seu impulso, que é muito violento e forte. O jogo de raqueta é disputado por pontos, mas quem emboca o cadoz ganha o lance, e quem ganha três lances seguidos, ou quatro espaçados, ganha a partida.

Diccionario de Autoridades. Madri, 1726

Decapitação I

Na manhã de 19 de maio de 1536, Jean Rombaud encarou o mais fodido dos serviços: cortar de um golpe o pescoço de Ana Bolena, marquesa de Pembroke e rainha da Inglaterra; uma jovem tão bela que transformara o Pas-de-Calais num Atlântico. O infame ministro Thomas Cromwell o mandara chamar na França expressamente para isso. Pediu-lhe, numa missiva sucinta, que levasse sua espada toledana — de forja milagrosamente fina —, porque seria incumbido de uma execução delicada. Rombaud não era nem querido nem indispensável. Belo e imoral, pairava com humor frio pelo estreito círculo de trabalhadores hiperespecializados que prosperavam à sombra das cortes renascentistas, protegidos pela vista grossa de embaixadores, ministros, secretários e ajudantes de câmara da realeza. Sua reserva, beleza e falta de escrúpulos faziam dele a escolha natural para certo tipo de operações que todos conheciam mas ninguém comentava, operações escusas sem as quais nunca foi possível fazer política. Enfeitava-se com um gosto inusitado para alguém com o ofício de anjo assassino: usava anéis caros, calções justos com brocados excessivos, camisas de veludo azul royal que não correspondiam à sua condição de filho da puta, literal em todos os sentidos. Tinha uma cabeleira castanha atravessada de mechas claras em que trançava com graça de rústico as joiazinhas de pouca monta que extorquia de suas mulheres, submetidas com as diversas armas para as quais Deus lhe dera magistério. Ninguém sabia se era silencioso por ser inteligente ou por ser imbecil: seus olhos azul-escuros, um pouco caídos nos cantos, nunca exprimiam compaixão, mas tampouco nenhuma forma de animosidade. Além disso, Rombaud era francês: para ele, matar uma rainha da Inglaterra, mais que um crime ou uma façanha, era um dever. Cromwell o mandou chamar a Londres por entender que essa última característica o tornava particularmente higiênico para executar a tarefa.

Não foi o rei Henrique quem decidiu que sua esposa morreria por uma espada de Toledo e não sob o vil golpe de machado que rachara a espinha de seu irmão — acusado de ir para a cama com a rainha, um crime que lhe garantia o recorde de três sentenças à morte: por lesa-majestade, por adultério e por depravação. Acontece que ninguém, nem mesmo o infame Thomas Cromwell, podia suportar que semelhante pescoço fosse partido pelo gume inexato de uma segure.

Na manhã de 19 de maio de 1536, Ana Bolena assistiu à missa e se confessou. Antes de ser entregue ao condestável da Tower Green, onde seu corpo seria separado em duas partes, pediu que suas damas e mais ninguém tivessem o privilégio de cortar suas carnudas tranças ruivas e rapar o cabelo que lhe restasse. Na maioria dos retratos que sobreviveram a ela, incluída a única cópia do único que, segundo consta, foi pintado quando ela vivia — e que se encontra na coleção Tudor do castelo de Hever —, Bolena é representada como dona de uma cabeleira crespa e significativa.

Parece que a alcova real derrubava a libido do rei Henrique, tão arrojado nas lides extraconjugais quanto pouco cumpridor dos deveres reprodutivos de sua dignidade real. Se alguém sabia disso, era a marquesa de Pembroke, que só concebera dele um dia em campo aberto e quando ainda era casado com a rainha anterior. Tiveram uma menina tão linda como ela mesma, por quem o monarca demonstrava a estrondosa ternura dos homicidas. Ana Bolena avançou para o cadafalso, portanto, consciente das chances estatísticas de que sua filha Elizabeth chegasse ao trono, como por fim aconteceu. Entregou-se ao martírio ostentando uma alegria calculada. Suas últimas palavras, proclamadas às testemunhas de sua morte, foram: "Peço a Deus que salve o rei e lhe permita governar longamente sobre a Inglaterra, porque nunca houve um príncipe mais gentil nem mais piedoso".

O que há na nudez, tão teoricamente igual a si mesma em todos os casos, que nos leva à loucura? Pelados, só deveriam nos excitar os monstros, e no entanto o que nos transtorna é o que se aproxima de um padrão. As damas que acompanharam Bolena no suplício haviam retirado a gola de seu vestido antes de escoltá-la até o cadafalso. Também a despojaram de colares. Nenhuma delas sentiu que retirar-lhe o véu e o toucado atentasse o mais mínimo contra sua beleza: rapada era tão linda quanto com cabelo.

O brilho azulado de seu pescoço tremendo à espera do golpe causou uma impressão emotiva em Rombaud. Conforme o relato de uma das testemunhas da execução, o mercenário teve a gentileza de tentar surpreender a dama que se oferecia nua das omoplatas ao cocuruto. Já com o ferro bem alto e pronto para se encarniçar contra o pescoço da rainha, perguntou, distraído: Alguém viu minha espada por aí? A mulher sacudiu os ombros, talvez com o alívio de que um imprevisto pudesse salvá-la. Fechou os olhos. Suas vértebras, a cartilagem, os tecidos esponjosos de sua traqueia e faringe produziram, ao se separar, o elegante estalo da rolha ao ser liberada de uma garrafa de vinho.

Jean Rombaud recusou o saco de moedas de prata que Thomas Cromwell lhe estendeu quando terminou o serviço. Dirigindo-se a todos os presentes, mas fitando nos olhos o homem que tinha intrigado até destronar a rainha, disse que aceitara fazer o que acabava de fazer para poupar a uma dama a repugnância de morrer pelo ferro de um carrasco. Fez uma reverência oblíqua em direção aos ministros e pastores que assistiram à decapitação e voltou direto, a todo o galope, para Dover. Logo cedo, o condestável havia empacotado nos alforjes de seu cavalo as rotundas tranças da rainha da Inglaterra.

Rombaud era aficionado do tênis, e esse pagamento lhe parecia suficiente: o cabelo dos justiçados no cadafalso tinha propriedades excepcionais que o cotavam entre os fabricantes de bolas de Paris a preços estratosféricos. Mais ainda quando era de uma mulher, mais ainda quando era ruivo, inimaginavelmente mais quando era de uma rainha em exercício.

As tranças de Ana Bolena renderam um total de quatro bolas que foram, por muito tempo, os apetrechos esportivos mais luxuosos da Renascença.

Sobre a nobreza do jogo da pela

Primeiro é de ver como o jogo da pela foi ordenado para um ótimo e mui razoável fim, como deve de ser toda arte digna e apreciada, à imitação da natureza, a qual não faz coisa alguma sem grande magistério. Donde os antigos e sábios inventores deste jogo, considerando que inflama e arrebata até os jovens mais pálidos e débeis, constituíram-no de tal guisa que não admite o dano do adversário. Como se explicará adiante, a pela nunca é golpeada enquanto vai pelo ar, mas somente depois de ter tocado no solo, impossibilitando a comoção de quem a recebe. Do mesmo modo, o jogador que responde espera o golpe no chão para que o ponto que tenta obter seja válido. É obrigado, se quiser conseguir vantagem, a conceder ao outro jogador, com forçosa decência, tempo para que se reponha.

ANTONIO SCAINO,
Trattato del giuoco della palla, 1555

Primeiro set, segundo game

Antes de começar o segundo lance, o espanhol foi falar com seu juiz de quadra. É um jogador de força e conhece bem o campo, disse o nobre; ganhaste a primeira parcial porque ele não esperava nada de ti. Sou mais jovem, respondeu o poeta, posso medir forças com ele. Mas tens uma perna mais curta. O fator surpresa. E o dobro de esforço. Avanço? Vai-te arrebentar com essas paralelas que bate. Eu o corto. Seria deixar tudo nas mãos da sorte; mais vale que o canses, vê-se que não resiste, então trata de disputar cada ponto: atrás, à frente, nos cantos. O poeta bufou, enxugou o suor da testa, pôs as mãos na cintura olhando para baixo, como se esperasse uma opinião mais clara. Talvez, se ele não estivesse curtindo tamanha ressaca, a perspectiva de uma partida como aquela lhe parecesse menos insuperável. Vai jogar muito fechado, disse. A outra opção é abandonares, disse o nobre, mas a ideia do duelo foi tua. O poeta fitou o chão: Também podemos sacar as espadas, acabar rapidinho. O duque negou com a cabeça: Outro escândalo, não; e com o ferro, esse aí é um mulato. O poeta grunhiu: Até hoje, nunca perdi. Por isso mesmo. Está bem, esticarei cada ponto. Antes de voltar ao campo, disse: Notaste que não se falam? Quem? Ele e seu padrinho. O duque não achou esse detalhe importante: E daí? Ontem também não se falavam, acho que nem são amigos, olha para eles. O adversário nem sequer se aproximara da galeria. O matemático parecia concentrado na poeira que pairava no ar. O olhar dos dois derivou naturalmente para o rival. A seriedade de seu rosto não era nada alentadora. O artista estava menos seguro que antes, mas isso, claro, espicaçava sua ambição. Já não era questão de vida ou morte, e sim de vitória e derrota — valores muito mais complexos e difíceis de lidar, porque quem perde um duelo de espada não vive para suportar a derrota.

O poeta deu-se tempo para estudar o oponente. Era um homem lívido, de cabelo preto retinto e desgrenhado. Tinha sobrancelhas bastas e barba grossa, rodeando desordenadamente uma boca vermelha e escura que parecia uma boceta. O poeta entrecerrou os olhos para enfocá-lo. Era forte, sólido como um soldado, apesar de sua aparência geral de homem castigado. Um morto dos regimentos napolitanos que tivesse voltado do além para jogar uma última partida de pela e provar sabe-se lá o quê aos vivos. Será que ele é sempre tão macilento, ou é só a ressaca?, perguntou ao duque. Quem? O artista. Não sei, respondeu, estava observando seu juiz, repara nele. O homem, sozinho e sentado na galeria, examinava a quadra, percorrendo-a com uma fixidez inquietante no olhar. Movia os lábios. O que há para ver nele? É um professor famoso. E daí? Que não é nenhum idiota, o filho da puta está contando alguma coisa: enxerga a quadra como se fosse uma mesa de bilhar. O poeta arrancou um escarro e deu de ombros. Cuspiu-o. Vamos.

Recolheu a bola do chão e gritou: *Tenez?* O monstro o olhou como que da outra margem do rio dos mortos e confirmou sem sorrir. Afastou com um sopro o cabelo que lhe cobria o olho

esquerdo. Tinha a testa perolada, não de suor, mas de sebo. Já plantado na linha de saque, o espanhol notou que seu adversário e seu juiz de quadra se comunicavam, sim: o professor elaborava sequências de números com os dedos, virando-os às vezes para cima, às vezes para baixo, às vezes para o próprio corpo. Assinalou aquele exercício ao seu próprio juiz, apontando para os italianos com a raquete. O duque cerrou a mandíbula, preocupado. O poeta quicou a bola sobre a risca, jogou-a para o alto: *Tenez!*
O saque foi medíocre, e a devolução, selvagem. O artista apanhou a bola no ar e a lançou, com uma força animal, bem no rosto do poeta, que, apesar do esforço para se proteger, recebeu o impacto entre o pescoço e a bochecha. *Quindici-Amore*, gritou o professor clinicamente, com uma voz esganiçada como de feirante, mas sem rastro de ironia.

O poeta, dolorido pela bolada, baixou a cabeça. Levantou-a devagar para não ficar tonto e, apalpando-a, olhou para seu rival em busca de uma explicação: nunca tinha visto nada igual. O artista juntou as mãos em volta do cabo de sua raquete, como se rezasse. Com o gesto, pedia desculpas e assumia que tinha perdido o ponto por faltar às regras de cavalheirismo. O duque ergueu a pele que em seu rosto ocupava o lugar onde em todos os outros ficam as sobrancelhas. O poeta apertou as têmporas entre o dedo médio e o polegar, depois recolheu a bola e, sem se massagear, voltou à linha de serviço. Seu padrinho percebeu que estava desarvorado pela compenetração com que preparou o novo saque: respirava muito fundo. Também notou que cuspiu na bola talvez com menos discrição do que mereceria um jogo como aquele. Ninguém reclamou.

Tenez! Acertou a bola na borda da cornija, muito perto da corda. Graças à saliva, o repique saiu estranho. O lombardo nem tentou alcançá-lo, embora fosse evidente que teria conseguido.

Esperou a bola parar de rolar, levantou-a e a enxugou no calção antes de devolvê-la, acusando a trapaça do espanhol, mas sem se queixar. O gesto surtiu efeito: uma coisa era faltar às regras de cavalheirismo como um macho desenfreado, e outra era trapacear às escondidas, como uma freira. O poeta se sentiu mal por ser quem era. O duque não cantou o ponto. Volte, gritou. Quicou a bola sobre a linha, jogou-a para o alto. *Tenez!* O artista esperou que caísse do telhado e tomou trezentos e sessenta graus de impulso com o braço antes de golpeá-la com sua raquete como se fosse um cravo no pulso de Cristo. A bola foi de novo direto contra o rosto do poeta, que a recebeu no cocuruto só porque conseguiu se abaixar um pouco. *Trenta-Amore!*, gritou o professor.

O espanhol se levantou com lágrimas nos olhos e esfregando a cabeça. Ao recolher a bola, sentiu tontura. Agachou-se e massageou a nuca. Nem sequer queria olhar para o outro lado da quadra: um sorriso de qualquer uma daquelas bestas que acompanhavam seu adversário, e ele iria correndo pegar sua espada. Que é isso?, perguntou ao duque num tom apagado, enquanto se levantava. Estás ganhando o jogo, rapaz. Continua. Que é que eu faço? Nada, continua a sacar, e a vitória será tua vingança.

Tenez! A bola chegou do lado do artista como um presente: quicou duas vezes no telhado da galeria e caiu no centro da quadra, pairando como uma pluma. Sentiu-a voltar cravando-se como uma pedra no ninho de seus ovos. Nem chegou a vê-la. Tombou sólido no chão, como um bloco de pedra. Escutou, caído num mundo de pó, o matemático gritar: *Amore, amore, amore, amore; vittoria rabbiosa per lo spagnolo.*

Até o duque estava vergado por espasmos de gargalhadas quando o poeta levantou a cabeça. Nem se diga de seu rival, de São Mateus, do matemático e dos outros vadios que seguravam a barriga e enxugavam as lágrimas de riso.

Alma

O enciclopedista francês François-Alexandre de Garsault, autor de vários manuais de confecção de objetos de luxo, tais como perucas, roupa íntima e artigos esportivos — "artes triviais", como ele mesmo definiu na segunda edição de seu *Art du paumier-raquetier* —, ainda em 1767 reconhecia dois tipos de bolas de tênis: as *pelotes*, feitas de feltro e linha e forradas de tecido branco costurado, e as *éteufs* — que em espanhol eram chamadas *pellas* até bem entrado o século XVII —, recheadas com uma mistura de banha, farinha e cabelo.

As pelas, forradas de pele de carneiro costurada à escocesa, lembravam as atuais bolas de beisebol, com a costura externa. Enquanto as bolas de tecido só eram usadas em quadras internas, com piso de madeira ou ladrilhos, e tendiam a se desmanchar depois de três ou quatro partidas, as pelas podiam ser reutilizadas por anos a fio sem perder sua agilidade e violência: eram feitas para ricochetear nas lajotas e telhados dos claustros e no chão desigual dos locais onde se jogava tênis a dinheiro.

Durante a terceira década do século XX, a equipe de restauro incumbida de remoçar o teto do salão principal do Palácio de Westminster encontrou entre as vigas duas pelas que indiscutivelmente datam do século XVI. Estão intactas. A análise genética do cabelo que as recheia não deu nenhum resultado que o vinculasse, por nenhuma via, à família Bolena. É natural: podem-se dizer muitas coisas terríveis do rei Henrique VIII, mas não que tivesse mau gosto. Consta que nunca comprou nem aceitou como presente nenhuma das pelas das quais, estranhamente, ele seria viúvo.

O manual iluminista de François-Alexandre de Garsault já não traz instruções para fazer bolas de cabelo humano. Talvez ele nem sequer soubesse que, durante a Renascença e o Barroco, esse material havia sido moeda corrente nas quadras externas onde se jogava pela por aposta. Tampouco parece que Garsault, homem prático e educador sincero, fosse um bom leitor de literatura: em *Much Ado About Nothing*, Benedick, o solteiro empedernido, é tão peludo que, segundo Shakespeare, recheou várias bolas de tênis com sua barba.

Graças à análise das pelas encontradas entre as vigas do salão principal de Westminster, bem como a certas pistas que saltam aos olhos quando se lê a contrapelo o verboso *Tratatto del giuoco della palla*, publicado por Antonio Scaino em 1555, pode-se deduzir que o núcleo das pelas era idêntico ao das bolas de salão: uma base de borra amassada com goma que era envolta com sucessivas camadas de tiras de tecido e linha e depois arredondada com suaves golpes de uma espátula de ferro. Já calibrada, a bola era amarrada com uma corda que a dividia em nove gomos a partir do polo superior. Em seguida, a bola era girada quarenta e cinco graus para marcar outros nove gomos a partir desse segundo polo. Assim até chegar a nove polos com seus nove equadores. Cada bola um mundo, um planeta com oitenta e uma rosetas de linha. Finalmente, esse pequeno planeta, que para os antigos representava a alma humana, era forrado com pano e caiado. A pela era confeccionada seguindo um processo similar, mas em cenários mais sórdidos e muitas vezes clandestinos: a confecção com cabelo humano tinha muito de tétrico, e nem todo mundo estava disposto a fazer um objeto que se animava graças à única parte do morto que não apodrece. Em vez das tiras de tecido, estendiam-se sobre o núcleo mechas de cabelo empastadas com banha e farinha. Eram bolas mais rápidas, mais irregulares, que quicavam endiabradamente. Talvez por terem alma de matéria humana, durante a Renascença e o Barroco, tanto na Europa católica como na América em processo de conquista, as pelas foram associadas a atividades demoníacas.

As pelas de Bolena

Assim que desembarcou em Franciscópolis — foi esse o ridículo nome do porto de Havre até a morte do rei Francisco I da França —, Jean Rombaud pôs em circulação o rumor de que era proprietário das tranças crepusculares de Ana Bolena e de que com elas faria as bolas de tênis que, afinal, lhe permitiriam pisar nas quadras fechadas onde os nobres suavam uma camisa por game, cinco por set e quinze por partida. Ele sempre achara que sua juba de leão recém-banhado lhe dava direito ao assoalho e aos ladrilhos: a jogar por passatempo e não por dinheiro.

No dia em que o mestre boleiro lhe entregou as quatro pelas mais carregadas de sortilégio de toda a história da Europa, Rombaud já havia sido procurado por uma multidão de interessados que lhe ofereciam preços fora de toda proporção com o caráter de seu tesouro: cem vacas, uma vila na Provença, dois africanos e seis cavalos. Declinou todos os convites para negociar, exceto o de Philippe Chabot, ministro do rei.

Compareceu às conversações levando apenas a quarta bola, um pouco menor que as outras e que desde o começo ele resolvera guardar como amuleto. Levou-a envolta num lenço de seda no fundo de um pequeno saco, que, para maior segurança, costurou no interior da capa. Chabot o recebeu em sua antecâmara, enquanto os criados o vestiam. Não era a primeira vez que os dois se encontravam, mas agora o motivo era mais grato. Jean Rombaud tinha preparado para a ocasião um breve discurso que ia da súplica à chantagem, sem prescindir de sua melíflua retórica de bandido de belos olhos. O ministro não lhe ofereceu assento nem lhe concedeu a palavra. Nem sequer se voltou para olhá-lo, ocupado que estava em ser coberto de holandas e veludos. Que queres em troca das pelas da porca herege?, perguntou, fitando compenetrado a ponta dos próprios sapatos. Trago uma delas como amostra, respondeu Rombaud, tirando-a desajeitadamente da capa. O ministro sacudiu um fiapo do joelho, sem atentar para o objeto que o matador lhe estendia com reverência do outro lado do aposento. Consta-nos, disse Chabot sem se virar para olhar a bola, que são autênticas, porque o embaixador do rei da Espanha tentou se apoderar das tranças para suas próprias feitiçarias e se enfureceu quando soube que o troféu já estava a caminho da França. Não quero dinheiro nem posses, disse Rombaud. O ministro ergueu as sobrancelhas e espalmou as mãos num gesto a meio caminho entre a pergunta e a exasperação. Quero um título modesto e o cargo de mestre de tênis e esgrima na corte. Posso arranjá-lo, mas antes traz-me as bolas. Quero que o rei em pessoa me conceda ambas as coisas, com testemunhas e olhando-me nos olhos. Pela primeira vez o ministro lhe dedicou um olhar, erguendo as sobrancelhas com irônica perplexidade. O rei está um pouco ocupado recuperando Saboia, disse, mas te mandaremos chamar quando ele passar por Paris; com essas pelas lhe daríamos uma alegria; traz todas contigo no dia em que meu mensageiro te avisar que deves comparecer ao Louvre.

Setenta e três dias depois, Jean Rombaud foi recebido pelo rei Francisco I no Salão Azul, abarrotado de cortesãos, peticionários e financistas. O futuro mestre de defesa e tênis vestia um traje cinturado e pomposo que mandara fazer especialmente para a ocasião. Pela primeira vez na vida não estava com sua insofrível barba de três dias e tinha arrumado as joinhas de sua cabeleira num rabicho que lhe pareceu elegante, e que a seu modo sinistro era mesmo, ainda que talvez demasiado espanhol para um salão real francês.

Quase não esperou em pátios e antessalas: o rei mandou chamá-lo pouco depois que ele entrou em palácio e mostrou uma avidez pouco régia por ver as pelas de Bolena. Tampouco dessa vez Jean Rombaud pôde recitar o breve discurso que preparara para aquele dia. A rainha Leonor adentrou o salão para assistir ao grande momento, arrastando uma cauda de arminho por entre as botas imundas dos empregados do marido. Os olhos de Francisco I quase faiscavam quando abriu a caixa de madeira entalhada que o assassino gastara uma fortuna — fiado, claro — para mandar fazer, caixa que na pensão onde morava parecia magnífica, mas em palácio se revelava minúscula e acanhada.

O rei pegou uma das bolas, sopesou-a com cálculo de tenista tarimbado, apertou-a, rolou-a na mão. Fez o movimento de lançá-la para o alto e sacar com uma raquete potente e imaginária. Tornou a senti-la, incomodou sua mulher cheirando-a com uma profundidade que exibia, ainda que remotamente, a vontade de se perder nas tranças que enlouqueceram o rei Henrique e, com seu feitiço, arrebataram a Inglaterra do papa. Dizem que era linda, não?, disse por fim, olhando para Rombaud. Até rapada, Majestade, foram as únicas palavras que o coitado conseguiu dizer a seu rei. Francisco jogou a bola para o alto e a fez quicar com graça. Olhou para o salão, pigarreou como se pedisse uma atenção que nunca lhe faltara e disse: O novo mestre de esgrima é um pouco mais bem-apessoado do que me disseram; ele também vai ensinar tênis na corte, portanto cuidem bem de suas filhas. O hálito do riso polido atravessou o Salão Azul como uma onda. Conceda-se o que nos pediu, disse o rei olhando-o nos olhos, com privilégios para toda a vida; tenho dito.

"Mudando mundo e terra"

O dia 4 de outubro de 1599 foi ensolarado em Roma. Não consta que Francisco de Quevedo tenha estado ali nesse dia, mas tampouco que estivesse em algum outro lugar. O que se sabe ao certo é que ele não ocupou a cadeira 58 na cerimônia solene de entrega do diploma de bacharel em artes na Universidade de Alcalá de Henares, onde definitivamente deveria estar.

A hipótese mais aceita sobre a ausência de Quevedo em sua colação de grau supõe que ele estivesse foragido da Justiça, por causa de um assassinato nunca esclarecido, ocorrido provavelmente em Madri, do qual teria participado com seu amigo e protetor Pedro Téllez Girón, duque de Osuna e senhor de Peñafiel.

Quevedo conhecera Girón muitos anos antes, quando Francisco ainda era garoto e Pedro, um jovem diplomata a serviço do duque de Feria. Ambos integravam a pomposa comitiva da infanta Isabel Clara Eugenia, enviada aos Estados-Gerais da França como candidata à Coroa de Paris. Nem a pretensão podia ser mais ridícula, nem o séquito de nobres de alto e baixo coturno que atravessou os Pireneus, mais grotesco.

O encarregado de apresentar a impossível candidatura era o duque de Feria. Pedro Téllez Girón — na época apenas marquês de Peñafiel, pois seu desgracioso pai ainda era vivo — figurava como seu privado e aprendiz. Francisco de Quevedo, então com oito anos, estava lá porque era costume levar as crianças nessas viagens, e ele era filho da ajudante de câmara da infanta, incluída na expedição. A irmã de Quevedo também viajava: era daminha de companhia, quase um cachorrinho.

Tremenda travessia dos Pireneus: as carroças repletas de objetos de sufocante suntuosidade, para permitir que a infanta se sentisse em casa em qualquer estalagem, as carruagens lotadas de senhoras com penteados em torre e com tanta linhagem que transbordava pelas janelas, os homens à frente e a cavalo, com peitilhos bordados em ouro americano para lembrar a Paris que o mundo pertencia a eles, embora Filipe não fosse tão bom em conservá-lo como fora seu pai, Carlos. As crianças, que devem ter sido muitas, apinhadas entre os baús e guerreando às gargalhadas com pedras e torrões. Todo esse aparato para pedir que os Estados-Gerais coroassem Isabel Clara Eugenia, coisa que simplesmente não podia acontecer. A França não era governada por uma mulher desde que, em 1316, se implantara a Lei Sálica. Muito menos se fosse espanhola, canhota, gorda, tivesse um ligeiro retardamento mental, roesse as unhas e comesse meleca.

A lista de personagens que fizeram a viagem é conservada nos arquivos da Biblioteca Nacional da Espanha e nela constam os nomes de Quevedo e Girón. Há também um anedotário. Em seu diário privado, a mãe do duque de Feria lamenta, numa anotação feita em Girona, que os atrasos da comitiva e a incapacidade da pobre infanta para impor respeito estavam transformando-a num carnaval. Registro: "Girón, jamais sério, leva a toda parte um gaiato que chama Sua Pequena Majestade de 'A Elefanta'". Quem mais poderia ser?

O duque de Osuna e Quevedo voltaram a se encontrar muitos anos depois em Alcalá de Henares. Pedro Téllez Girón — já um grande de Espanha — tinha, como seu amigo, língua solta e virilidade incontrolável; foi beberrão e encrenqueiro do primeiro ao último dia de sua vida. Um homem que sabia se meter em encrencas — e quase sempre foi capaz de se safar.

No outono de 1599, era alvo de três processos. O primeiro por amancebamento com a atriz Jerónima de Salcedo, que ele mantinha em sua casa em Alejos, acompanhada do pai e do marido. O duque de Osuna não recebeu mais que uma leve reprimenda por isso, ao contrário da atriz e seus parentes, que foram condenados a açoites e vexação pública, ela por amancebada, o pai por alcoviteiro e o marido por consentidor.

Outro processo, mais escabroso, envolvia um tio de Osuna, bastardo porém influente, que além disso havia sido seu tutor. Esse tio foi condenado, por acusações de Juan de Ribera, patriarca de Valência, pelo assassinato da própria mulher e por tê-la substituído, no leito nupcial, por um pajem com quem cometia o pecado nefando, ao que parece em circunstâncias e com frequência escandalosas.

O tio do duque de Osuna e o pajem que o pegava morreram garroteados em praça pública e seus corpos foram queimados. Embora, pelo visto, toda a Valência pudesse testemunhar sobre seus amores, Pedro Téllez Girón sustentou até o fim do julgamento a defesa de seu tutor, e mesmo assim escapou ileso, ainda que condenado à prisão domiciliar — que não deve ter sido lá muito sofrida, já que a atriz e seus parentes ainda esperavam a conclusão do próprio julgamento.

O terceiro processo deve ter sido, de longe, o pior de todos, porque não sobreviveu nos arquivos um único registro do crime que ele cometeu com outro crápula, que pode ter sido Quevedo. Durante esse processo ele foi encarcerado, aí sim, na prisão de

Arévalo, e depois ficou confinado em sua casa em Osuna sob a rigorosa vigilância de quatro esbirros. Historiadores e diletantes ligaram uma coisa à outra e concluíram que o crime que levou Girón à cadeia de Arévalo foi o assassinato de um ou vários soldados numa briga ligada ao jogo da pela.

Diz o historiador Cabrera de Córdoba, em sua *Relación de las cosas sucedidas en la corte de España*, que em 6 de agosto de 1599, estando em prisão domiciliar, o duque de Osuna pediu permissão para ir a Madri beijar a mão do rei e, "... tendo-a recebido, valeu-se dela para ir a Sevilha, e dizem que até a Nápoles, para dar-se aos seus prazeres". É mais do que provável que nessa escapada tenha levado seu companheiro de farra, também em prisão domiciliar.

Já em Sevilha, Quevedo, muito mais indefeso que Osuna, deve ter tentado convencê-lo a irem juntos à Nova Espanha, como acabou fazendo o protagonista de um romance autobiográfico que ele escreveria pouco depois, sem nunca reconhecer sua autoria. "Eu", diz seu personagem, "vendo que por demais durava este negócio e mais a fortuna em me perseguir, não por escarmentado — pois não sou tão prudente —, e sim por cansado, como obstinado pecador, determinei de passar-me às Índias para ver se, mudando mundo e terra, melhorava a minha sorte."

Aí podem ter combinado o embarque. É bem provável que antes disso tenham passado pelo sul da Itália — que fazia parte da intimidade do império sem estar tão ao alcance dos esbirros de Filipe III. O vice-rei de Nápoles e das duas Sicílias era na época o duque de Lerma, parente próximo de Osuna e protetor da família de Quevedo. Por fim, e isso consta em todo tipo de documentos, foi a mulher do vice-rei de Nápoles, a duquesa de Lerma, quem acabou conseguindo para o jovem Francisco um indulto real que lhe permitiu obter o grau de bacharel e voltar à universidade para se doutorar em jurisprudência e gramática.

Quanto ao duque de Osuna, nem precisou ser indultado. Nos países de fala espanhola, os donos de sobrenomes importantes nunca sofrem os rigores da lei, a menos que se metam com gente de sobrenomes mais importantes — não era o caso dos pobres soldados degolados.

Nem o duque nem o poeta eram gente que parasse quieta: protegidos pelo vice-rei de Nápoles, devem ter viajado pela Itália. Na virada do século XVI para o XVII, Roma exercia uma atração irresistível. Fosse o dia que fosse, incluído aquele 4 de outubro de 1599, qualquer pessoa estaria melhor em Roma que na cerimônia de sua colação de grau.

Primeiro set, terceiro game

Quando finalmente conseguiu se levantar — suas bolas ainda latejando como duas melancias com pulmões —, o poeta caminhou até a balaustrada da galeria e, com voz fraca, disse a seu padrinho que não podia continuar jogando daquele jeito: Tens de fazer algo. Apalpava a entreperna com temeroso cuidado. O duque, os olhos ainda transbordantes de lágrimas de riso, pousou uma mão em seu ombro: Tens de continuar jogando, a Espanha não faz mais que soldados e artistas, e aqui não se pode notar que nunca foste à guerra. Mas não foi justo. Ganhaste o jogo, foi justo. E agora como farei para me mexer, carregando um par de polvos onde eu tinha os colhões? Volta e saca.
Agachou-se três ou quatro vezes segurando na balaustrada. Dá-me a espada, disse ao duque quando se sentiu, se não capaz de jogar, pelo menos de continuar vivo. Não, ele só trata de intimidar-te, respondeu. Já disse que me dês a espada. Já disse que não; é picardia italiana, até parece que não os conheces. Nem sequer a desengancho: fanfarronice espanhola.
Agachou-se mais uma vez e, quando se levantou, seu juiz

de quadra já lhe estendia a cinta com o estoque por sobre a balaustrada. Assim que encostou a mão na empunhadura, São Mateus lançou-se às armas do rival. O poeta afastou a mão e cuspiu com desprezo, esfregou o escarro com o bico da bota; olhou para os italianos como se viessem de outro mundo e, sem lhes dedicar um único gesto, voltou à área de saque. Muito bem, disse o duque, deixando a arma onde estava. O lombardo confirmou com meio sorriso e uma inclinação de cabeça que seu adversário tinha recuperado a dignidade e caminhou de volta até o fundo de sua quadra. O matemático, que durante o episódio se dedicara a contar as vigas do teto da galeria, tinha pegado no sono. *Tenez!*

O primeiro par de pontos foi disputado com potência e sanha (15-15). O artista finalmente se concentrou, e o espanhol esqueceu o peso da ressaca para mirar apenas a vitória. O terceiro ponto começou com um saque extraordinariamente venenoso do peninsular, e a cortada com que o artista respondeu gerou um primeiro instante de luz na quadra. Contrariando as previsões e talvez a própria gravidade, o espanhol conseguiu alcançar a bola em seu rebote junto ao cordão e a cravou com menos força do que a que lhe permitiria ganhar o ponto, mas com perícia. Correu para trás porque supôs que o artista tentaria acertar a bola no cadoz, e sua intuição foi acertada. Depois resistiu cobrindo os cantos como se não lhe custasse esforço, enquanto seu oponente o crivava de canhonaços cada vez mais potentes, retos e letais. No final do ponto, o artista foi capaz de impor à bola um efeito que a matou assim que cruzou o cordão. Os juízes de quadra trocaram olhares: podiam dá-lo como bom. Houve aplausos de Mateus e dos mendigos, dos dois padrinhos e das quatro ou cinco pessoas que se somaram às tribunas. *Quindici-trenta*, gritou o matemático; *primo vantaggio per il milanese.*

O poeta notou que as pessoas comuns — talvez outros jogadores de pela que se mediriam entre si e com seu duelista quando começassem a chegar os apostadores profissionais — começavam a se sentar na galeria. O interesse abestalhado com que os novos espectadores acompanhavam a translação da bola o fez saborear um minúsculo bocado de glória, que, em sua atribulação, definitivamente acreditava merecer.

A manhã tinha sido difícil até aquele momento. A secura da boca e uma dor de cabeça dura e quente como uma chapa de ferro o acordaram muito cedo, e ele não conseguira voltar a dormir, confuso, culposo e afrontado como estava.

Que porra aconteceu ontem?, perguntara ao duque quando este afinal desceu para quebrar o jejum na Locanda dell'Orso, onde se hospedavam. O poeta já estava havia algum tempo se remoendo, sentado nos bancos do pátio sem provar bocado, esperando alguém aparecer para acompanhá-lo até a Piazza Navona.

Seu chefe apareceu com a cara inchada e com marcas de travesseiro, mas impecavelmente vestido de preto; a cinta, a capa e o chapéu pendurados num braço. Diante da pergunta sobre o que tinha acontecido, o nobre encolheu os ombros e pediu uma cerveja e um pão com banha. *Tiepida o calda?*, perguntou-lhe a locandeira. A banha quente e a cerveja morna, e ponha nela um ovo. Depois do primeiro gole, abriu os olhos mais um pouco. Seu amigo não levantava a cabeça. Não aconteceu nada, respondeu; mas terás que ir lá defender tua honra, a minha; o de sempre. O poeta reconheceu a generosidade que implicava omitir qualquer menção aos fatos da véspera. E a honra da Espanha, duque, e a honra da Espanha. O outro sorriu: Isso quando ela nos merecer. Deu cabo do pedaço de pão, virou de um gole o resto de cerveja e, já de pé, calçou as luvas, afivelou a cinta com a espada e o punhal e cobriu-se todo com a capa. Vamos, disse, não podemos nos atrasar.

Como já era o final da manhã, o portão dos fundos do pátio estava aberto e entre eles e a rua havia apenas um par de folhas de vaivém. O duque enterrou o chapéu, entreabriu uma das portinholas e espiou para conferir o movimento de gente antes de pôr os pés na calçada — o punho da espada na mão, os dedos rodeando-o nervosamente. Saiu. Já do lado de fora, tornou a escrutar as esquinas e disse: Barra limpa e clara. Por via das dúvidas, esperou pelo poeta — que mal tinha condições de ajustar a própria cinta — sem soltar o cabo de sua arma.

Tenez! Apesar das complicações que causou o saque roladinho pelo telhado, o lombardo conseguiu levantar a bola o suficiente para que transpusesse o cordão, mas sem nenhum veneno. Um lance de sobrevivência que além disso o desequilibrou. O espanhol cravou. 30-30. Os dois pontos seguintes foram longos e emocionantes: somaram-se muitos curiosos. *Deuce*, gritou o matemático quando empataram em quarenta.

Para o poeta, era conveniente sustentar um jogo disputado, parelho. Empurrar o game até iguais significava aumentar o esforço do artista, provocar seu desgaste. Uma partida tortuosa e simétrica para um dia inclemente, em que tudo se jogava aos pares. De manhã, o poeta e o duque caminharam até a praça como dois esbirros siameses. Os dois avançaram cobertos com capas e chapéus, os ombros colados e com o braço direito cruzado na frente do corpo. Defesa espanhola: o punho visivelmente aferrado ao cabo da espada. As pessoas que iam saindo para a rua fazer as últimas compras antes do almoço os deixavam passar. Não estavam longe das quadras, portanto completaram o percurso sem nenhum incidente.

Quando o circo da Piazza Navona se abriu ante seu olhar nervoso, São Mateus e outros brutos já estavam conversando junto a uma das galerias de madeira em forma de L que demarcavam as quadras de esportes instaladas pelo município para que a plebe fortalecesse o corpo e temperasse o espírito — caso o tivesse — jogando o jogo da moda na cidade. Avançaram até a quadra, ainda em guarda e sem se sentirem ridículos por isso. Lá chegando, se separaram. O duque observou o obelisco de Domiciano, que na época ainda funcionava como relógio de sol. Já é quase meio-dia, disse.

Os italianos, perfeitamente relaxados, tiraram o chapéu quando os viram acomodar-se na galeria. Todos se aproximaram para cumprimentá-los. Embora os espanhóis levassem espada — o papa havia proibido o porte de armas aos cidadãos de Roma —, todos foram não apenas cordiais como até carinhosos — à maneira que o são os desconhecidos que juntos sobreviveram a uma bebedeira. Houve apertos de mão, abraços. Os mais fortes foram os do duque, para contar os punhais escondidos sob as capas.

O adversário e seu ministro surgiram pouco depois pelo lado oposto da praça. O matemático, que embora não fosse velho já aparentava ser, estava vestido formalmente, assim como o poeta e o duque, mas com a beca e o barrete azuis dos professores. Carregava o estojo de couro em que estavam guardados os implementos do duelo. O artista, vítima de uma moda talvez demasiado pessoal, não usava meias, mas um par de calções pretos, compridos e justos, de malha muito basta. Cobriam-lhe até o tacão das botas. Usava uma camisa também preta, sem colarinho, prisioneira de um colete de couro da mesma cor. Sua capa, de corte espanhol, era preta e estava um tanto surrada. Cobria a cabeça com um chapéu de aba curta, sem pluma nem fivela. Levava espada: apesar de ser local, por trabalhar a serviço de um bispo estava autorizado a portar armas.

Por um momento, pareceu que o espanhol conseguiria virar o game e ganhar o set. Foi agressivo e cobriu o fundo da quadra como se tivesse mais alcance do que tinha de fato. Quando não cortava o rebote, devolvia as bolas depois que batiam no muro. Na terceira ocasião em que foram a iguais — vantagem para o poeta, dentro —, o duque notou com satisfação que, do outro lado da quadra, um dos recém-chegados tinha colocado os quatro cobres que correspondiam aos quatro pontos em disputa no lado do serviço. Reparou quando Mateus e seus mendigos, que até aquele momento haviam resistido à tentação de apostar, juntaram moedas para colocá-las do lado do artista.

A tradição indicava que cabia ao visitante escolher uma raquete — entre duas — e a bola com que se jogaria — entre três —, por isso o duque teve uma grande surpresa ao ver que nos apetrechos do artista havia somente uma bola. Apanhou-a. Não havia nenhuma diferença substancial entre as raquetes, portanto escolheu a que lhe pareceu mais usada, pensando que seria a preferida do lombardo e que ficar com ela já seria começar com vantagem.

Os duelistas tiraram as capas e entregaram as armas a seus ministros. Foram jogar de botas, já que o pavimento era irregular. Quando o duque tirou da bolsa uma moeda para sortear o saque, o artista fez que não com a cabeça e disse, num espanhol estropiado porém inteligível, que o concedia ao seu convidado. Disse isso com desprezo, olhando para a galeria e com o corpo pendendo para todos os lados, mas com encanto. Quando a sombra da cruz que arrematava o obelisco de Domiciano tocou a marca do meio-dia nas lajes do piso, o matemático disse com solenidade e quase num sussurro: *Partita*.

O espanhol sentiu o couro da bola entre o polegar, o indicador e o dedo médio da mão esquerda. Quicou-a contra o piso uma, duas, três vezes, girando o cabo da raquete sobre o próprio eixo na mão direita. Engoliu em seco e tornou a rolar a bola entre os dedos da mão esquerda. Olhou para o chão: raspou a linha de giz que marcava o fundo da quadra. Jogou a bola para o alto e gritou *Tenez!* Sentiu a tripa de gato vibrar quando a apanhou com toda a alma.

O artista estava plantado magnificamente, atrás, com o corpo em ângulo, os pés fincados no chão. Cravou a bola junto ao cordão. O espanhol voltou a sacar e voltou a perder o ponto. O professor gritou, *Caccia per il milanese*. Vai a quatro, acrescentou o duque com certo desalento, mas no fundo animado porque a partida agora estava boa e os espectadores tinham começado a pôr dinheiro na linha da quadra. O poeta viu o rebuliço dos que recolhiam as moedas. Vê se apostas em mim, disse ao duque.

Degola

O julgamento de Rombaud foi tão rápido que, quando o coitado entendeu o que estava acontecendo, já havia sido sentenciado. Foi preso por alta traição ainda às portas do Salão Azul e não conseguiu explicar como, sendo francês e católico, tinha prestado serviços de assassino ao herege do rei Henrique da Inglaterra. Na ata, lavrada no calor da hora e assinada num dos pátios do Palácio do Louvre por Philippe Chabot, ministro plenipotenciário do rei e presidente do Tribunal de Guerra instaurado no mesmo instante, assentava-se que o mestre de esgrima e tênis tinha direito à nobreza da degola sem suplício, já que o rei lhe concedera privilégios vitalícios.

Estirado no chão, já com a ponta da espada do soldado que praticaria a execução marcando-lhe o pescoço, Rombaud chorou. Sei que Ana Bolena, disse-lhe o ministro Chabot, sendo mulher e princesa, não derramou nem uma lágrima no dia em que a liquidaste sem chance de defesa; se me entregares a quarta bola, acrescentou, eu te deixarei ir, e com um gesto mandou o carrasco afastar a espada.

O mercenário remexeu entre a camisa e a capa até extrair com mão trêmula a bola um tanto disforme fabricada com os restos do cabelo da rainha. Chabot a enfiou na bolsa e disse: Podem matá-lo.

Sua história deve ter corrido de boca em boca, pois se perpetuou na imaginação popular, deformada mas com um fundo de verdade. É bem provável que o episódio, invertido como tudo o que atravessa o canal, tenha acendido a lâmpada da inspiração na mente de William Shakespeare, que resolveu representar a surpreendente demanda de Henrique V da Inglaterra sobre todo o território da França numa bela cena que reproduz a entrega das bolas de Bolena e seu fatídico augúrio.

No primeiro ato do drama, o rei Henrique V recebe um mensageiro de Carlos de Valois, delfim da França, que lhe pede que cesse suas demandas sobre a Normandia em troca do grande tesouro que lhe envia como presente. O presente vem num barril selado. O rei pede ao duque de Exeter que o abra, e dentro há somente bolas de tênis: um sarcasmo sobre sua imaturidade e inépcia política. Henrique pensa um pouco e, de cabeça fria, agradece o presente dizendo:

> Quando nossas raquetas se baterem com estas bolas,
> havemos de jogar, se Deus quiser, um set na França
> que há de quebrar do rei o seu serviço e a coroa.

Ainda em plena Ilustração, durante o intercâmbio de cartas com madame Geoffrin em torno da venda de sua biblioteca a Catarina II da Rússia, Denis Diderot disse, para descrever o estado de asfixia financeira em que se encontrava por causa dos preparativos do casamento da filha: "De início, minha mulher e eu pensávamos que o enlace nos ajudaria a conter um pouco o assédio dos credores, mas agora nos daremos por felizes se essas bodas não nos matarem. O noivado de Angélique me saiu como as bolas de Rombaud".

O artífice que fabricara as pelas de Bolena recebeu naquela mesma noite, pela porta dos fundos de sua oficina, um pacote com a cabeleira castanha mechada de relâmpagos do mercenário.

A bola direita é o Santo Padre

Minhas bolas são Deus e o rei, eu jogo com elas quando quiser. Essa frase fazia parte da única lembrança que Juana guardava do pai. Era uma lembrança tropical e floreada, necessariamente remota: o velho voltara à Europa para negociar cargos e concessões quando ela tinha apenas cinco anos, e as tratativas foram tão arrastadas e infrutíferas que ele acabou morrendo em Sevilha, sem conseguir regressar àquela terra que ele considerava sua, não porque tivesse nascido nela, mas por estar convencido de que lhe pertencia por inteiro.

Juana recriara a imagem do pai repetidas vezes em sua mente. O velho sentado num banco de pedra no infinito jardim de seu palácio — um jardim que começava no vale de Cuernavaca e terminava em algum ponto indefinido do istmo de Tehuantepec. Seu pai aparecia na memória com o cabelo já grisalho e ralo, mas ainda dono do espírito duro e altivo dos que tiveram autoridade e a usaram sem dó. Era um velho atraente e obstinado: as sobrancelhas cerradas num ricto de concentração quase iluminada, a barba um pouco suja, mas bem aparada. Coçava a cabeça enquanto escutava um interlocutor que Juana já não conseguia fixar — as unhas gastas entrando e saindo da mata cinzenta da cabeleira. Dizia a seu subalterno: minhas bolas são Deus e o rei, eu jogo com elas quando quiser. E fazia um gesto minúsculo com a mão direita, como se espantasse uma mosca. Então se virava para olhar para ela, que devia estar em outro banco de pedra do jardim.

Ela recordava a si mesma sentindo algo entre a adoração e o medo ante a seriedade daquela testa que havia ditado incontáveis sentenças de morte com um movimento das sobrancelhas. O velho inflava as bochechas, envesgava os olhos. Ela dava uma gargalhada, talvez nervosa. Então ele se levantava com certa dificuldade e lhe estendia a mão. Vamos ao pomar, dizia. A cena seguinte era uma longa caminhada por uma trilha, a entrada no mundo de árvores frutíferas que seu pai fora colecionando e que somente eles dois conheciam pelo nome, o momento em que ele a montava sobre os ombros e ia perguntando como se chamava cada uma em nauatle, em espanhol, em chontal.

Muitos anos depois, já adulta, duquesa de Alcalá e tão longe de Cuernavaca que essa lembrança parecia alheia, Juana perguntou à mãe sobre a precisão ou imprecisão da frase que tinha certeza de ter ouvido do pai. Tiveram essa conversa quando ela já estava grávida de Catalina, sua filha mais velha. As duas mulheres estavam sentadas bordando no pavilhão da vila do Palacio de San Andrés de los Adelantados, em Sevilha, as escravas e as damas em volta, atentas, a luz alaranjada do norte penetrando pelas janelas das quais mandaram retirar as gelosias para que Sevilha se parecesse um pouco com Cuernavaca.

A viúva confirmou que a frase sobre Deus e o rei era uma das sentenças distintivas do marido e lhe contou que costumava dizê-la quando um de seus homens ou algum padre ousava opinar que as coisas que estava fazendo talvez fossem incorretas ou indignas de um cristão. Mas o melhor, completou sua mãe, era a segunda parte da frase: A bola direita é o Santo Padre e a esquerda, o sacro imperador Carlos I. Era um velho safado, teu pai, disse em nauatle, para regozijo das damas que trouxera de Cuernavaca. Juana não se lembrava dessa segunda parte que sua mãe enunciava às gargalhadas. A velha pensou um pouco e disse que a cláusula "eu jogo com elas quando quiser" devia ter sido acrescentada por ela, por pensar que seu pai se referia às pelas com que costumava jogar pelota basca com outros veteranos de guerra. E você sente falta dele?, perguntou Juana, apalpando a barriga onde já chapinhava Catalina, a menina que anos mais tarde se casaria com Pedro Téllez Girón, duque de Osuna. De quem? Do papai. Eu já o peguei velho e rico, quando o coitado se achava um nobre de verdade e tentava comportar-se como um cavalheiro. Soltou outra risada um pouco histérica para dizer: Era um lobo de barrete. Mas você gostava dele? A viúva arregalou os olhos e deixou cair o bordado no regaço para acentuar o dramatismo da frase seguinte: Quem não gostaria? Era Hernán Cortés, ele *chingó* todo mundo.

Sobrevivência

From: Teresa Ariño <tarino@anagrama-ed.es> 12 jun 2013
To: Me
Subject: Segundas

Álvaro, aí vão os arquivos. Um deles com as (poucas) emendas e três ou quatro dúvidas. O outro limpo, para localizar. Continua com o último título, provisório. Pena que o subtítulo tenha uma sílaba a mais.

Agora a bola está no seu telhado. Diga lá.

Beijos e até,
Teresa

Primeiro set, quarto game

O lombardo começou insuperável, mas logo se distraiu. Já ia marcando Love-30 quando Marta e Madalena apareceram na quadra, já almoçadas e vestidas como o que eram: putas. O espanhol estava tão absorto na partida que não notou a chegada das mulheres. Seu juiz de quadra, ao contrário, perdeu por um instante o olhar nelas, porque lhe pareceram familiares e porque eram umas tremendas gostosas. Embora dentro da quadra a rivalidade esportiva separasse como um abismo italianos e espanhóis, Osuna estava sentado quase ombro contra ombro ao lado do juiz do lombardo, e chegava quase a sentir o cheiro das mulheres.

Sem afastar os olhos das saias que o excitavam, o duque vasculhou as imagens da véspera que guardava na memória. Aquelas duas não estavam no bordel nem na taberna. Demorou a recordar o lugar onde as vira: um quadro que teve tempo de contemplar enquanto tomava um longo chá de cadeira na casa de um banqueiro. As putas figuravam na pintura como modelos de Marta e sua prima Madalena.

Identificou a imagem ao reconhecer no rosto de Marta um

defeito muito sedutor — uma mancha grande como um continente na pele do queixo — que o pintor reproduzira fielmente no quadro. Chegaram até a comentar: quem será que teve a ideia de pôr uma santa infecciosa numa pintura? O poeta ainda observou que Madalena, representada por uma modelo notavelmente bonita e com muito caráter, segurava o espelho da vaidade com uma mão que tinha um dedo torto. O mundo do avesso, disse.

Marta se sentou ao lado de São Mateus — passarinho velho em meio a tremendos gaviões — para amainar a revoada que sua presença e a de sua amiga provocaram na galeria. Madalena, em compensação, desafiante na praça como na pintura em que o duque a vira encarnar a santa castigada pela vida, postou-se na beira da quadra: a bunda arrebitada, os peitos uma declaração de guerra. Quando se apoiou no peitoril, o duque notou que o dedo médio de sua mão esquerda estava torto. O artista que a retratara não havia deformado a realidade conforme o relato bíblico, mas o contrário: deformara o relato bíblico ao retratar a realidade. Subiu um pouco a vista e fixou-a nos seios de Madalena. Logo os reconheceu: era, sem dúvida, o par de peitos mais desafiante da história da arte.

Ao serem recebidos no salão de troféus do palácio do banqueiro, os espanhóis viram outro quadro, muito impactante, em que a mesma mulher — só agora, vendo-a ao vivo, é que o duque se dava conta disso — modelava a cena bíblica, mais escabrosa, de uma decapitação de alcova. O quadro ainda estava apoiado sobre uma poltrona: não sabiam onde pendurá-lo, de tão indecoroso.

Era um óleo representando o momento em que Judite, depois de seduzir o general assírio Holofernes, o degola enquanto ele dorme. Além de ser sangrenta, a pintura mexe com outras coisas: nela, a modelo e vadia exibe uma expressão mais sexual que vingativa ao cortar o pescoço do inimigo do povo de Israel.

Está excitada, e muito: tem os mamilos tão duros que transparecem pela blusa e quase a furam. O quadro não ilustra o momento heroico em que uma nacionalista judia comete o ato patriótico de matar o opressor de seu povo, mas retrata uma assassina que encontra prazer carnal em derramar o sangue do homem cujo sêmen ainda escorre por entre suas coxas. Sua expressão, tão estranha, não é de repulsa pelo vilão derrotado nem de contrariedade por ter que decapitá-lo. É de prazer: um orgasmo.

À diferença do poeta, que continuou totalmente entregue à partida, o artista não apenas se distraíra: quando o jogo permitia — e até quando não permitia —, participava com seus próprios gritos da algazarra do público, fazia ridículos floreios para devolver a bola, mandava beijos para Madalena.

Caccia per lo spagnolo, gritou o matemático depois do último ponto do poeta, que graças à chegada das rameiras ganhara quatro seguidos. O duque se arremessou à quadra para recolher seus dividendos da linha onde punham as moedas. O poeta notou que eram muitas porque os apostadores profissionais continuavam a se inclinar pelo pintor, embora fosse ele quem estava ganhando, e com folga.

Não comentou o fato com o duque; este, depois de guardar as moedas na bolsa, estendeu-lhe um pano para que enxugasse o suor. O poeta se demorou abanando-se com o trapo antes de começar a passá-lo pelo corpo. Chegou inclusive a se acolher à sombra da galeria para vestir a segunda camisa da partida, como faziam os cortesãos. O lombardo continuou com a mesma, preta, que estava usando na noite anterior e muito provavelmente desde o dia em que a comprara.

Então apareceram na praça, à distância, os guarda-costas do duque. Vinham correndo, segurando o chapéu. Chegaram à galeria com a humildade desajeitada e constrangida de quem não fez por merecer o salário. Como vamos?, perguntou um deles a

Osuna. Ganhando; vejam se apostam um pouco no nosso, disse, que a coisa está feia. Os homens pinçaram em suas bolsas sem se queixar. O chefe do grupo, de nome Otero e sobrenome Barral, mostrou um punhado de moedas um tanto desalentador. Era o mais baixo e, talvez por isso mesmo, o mais altivo dos quatro. Rijo e piloso, era o favorito do duque por causa de sua capacidade de manter a calma em qualquer circunstância — um tipo acabado de espanhol, especialista em seguir em frente aconteça o que acontecer. Ontem gastamos como paxás, murmurou a modo de desculpa por entre a espessura de sua barba de lobisomem. O nobre balançou a cabeça, levou-o para longe da quadra e, quando teve certeza de que ninguém podia vê-los, entregou-lhe todas as moedas que acabava de ganhar. Mandou-o pôr logo um bom tanto sobre a linha, antes que começasse o segundo set. Otero viu o dinheiro em suas mãos e estalou a língua com avidez irreprimível. Nem pense nisso, disse o chefe: Precisamos de vantagem moral. Voltaram para a galeria.

Enquanto se dirigia ao seu lugar, o duque notou que o artista observava seu capitão com muita intensidade. Não afastou o rosto do decote de Madalena, mas cravou a vista no mercenário. Soprou o cabelo que lhe cobria os olhos, baixou as sobrancelhas, afiou uma das pupilas entrecerrando as pálpebras. Era um olhar pegajoso que perfurou Otero enquanto executava a ação sem importância de levar o dinheiro, apostá-lo na linha, voltar para seu lugar. Num dado momento, o duque disse ao poeta: Viste como ele olha para o Barral? O que será? Gostou dele ou quer repetir a refrega de ontem à noite? O poeta agitou a cabeça. Duvido que ele se lembre de alguma coisa de ontem à noite, disse.

Tênis, arte e putaria

No *Libro de Apolonio*, o rei de Tiro é desviado de sua rota por uma tempestade e vai parar na cidade de Mitilene, onde Tarsiana, sua filha, foi vendida como escrava de bordel e espera que alguém a resgate, à maneira de Sherazade: canta adivinhas que vão retardando sua entrega à clientela. Quando Apolônio e Tarsiana se encontram, não sabem que são pai e filha, e ela o desafia com adivinhas, pois o rei é precedido por sua fama de homem engenhoso, capaz de desvendar qualquer enigma. Uma de suas rimas, provavelmente a referência mais antiga às bolas de tênis em espanhol, diz:

De dentro sso vellosa e de fuera rayda,
siempre trayo en sseno mi crin bien escondida;
ando de mano en mano, siempre tráen-me escarnida,
quando van a yantar nengun non me conbida.*

---

* Por dentro sou felpuda e por fora puída,/ sempre trago no seio minha crina bem escondida;/ ando de mão em mão, por todos sempre ofendida,/ quando vão comer, ninguém jamais me convida. (N. T.)

No *Libro de Apolonio*, a bola de tênis é representada de um modo que leva a pensar no ofício protelado por Tarsiana. A bola é como uma mulher rapada — "*de fuera rayda*" —, que é golpeada — "*siempre tráen-me escarnida*" — e já não é convidada a comer — "*a yantar nengun non me conbida*" porque, uma vez que passou de "*mano en mano*", só serve para uma coisa: rodar pelas praças, ganhar dinheiro para os outros.

O testamento de Hernán Cortés

O conquistador deve ter sido um homem simpático, apesar de sua ingovernável estatura de ator principal da maior epopeia de seu século e talvez a mais revolucionária da História. Alguma coisa nesse destino o atribulava, confundia e afastava do mundo e, talvez por isso mesmo, teve muita clareza quanto a quase tudo o mais, até o último dia de sua vida. Era prático e engraçado, apesar de sua amargura. Guardava seus tormentos, que eram muitos, por trás de uns olhos foscos que a velhice não suavizou.

Passou seus últimos anos longe dos círculos nobiliários de Sevilha, nos quais teria sido adorado se apenas se dignasse a se comportar o mínimo e a jogar o jogo da cortesania. Mas era um homem que já tinha visto tantas coisas na vida que nem lhe passava pela cabeça não coçar o cu quando sentia coceira.

Não foi um ermitão. Em sua casa em Castilleja de la Cuesta mantinha uma tertúlia regular com o barbeiro, o pároco, o padeiro, o músico da capela e um poeta local — Lope Rodríguez — cujo nome sobreviveu porque sempre assinou como testemunha nos documentos do conquistador e, ao que parece, conduzia as leituras de épicos clássicos que Cortés adorava, desde que ele mesmo não os tivesse que ler. É provável que a essa altura ele já estivesse cego, mas era um homem que sempre teve algo de infantil e não resolvido. Assim como nossos filhos pequenos, preferia que alguém lesse para ele.

O conquistador foi, por exemplo, homem de um só cavalo. Quando seu Cordobés, sobre o qual entrou na cidade do México, morreu em Sevilha, já bem velho, ele o enterrou no jardim. Nunca mais voltou a montar em nenhum outro cavalo desde que o seu deixou de aguentá-lo. Até se entende que o animal representasse muito mais que um meio de transporte, tendo sido o açoite de ferro que multiplicara por milhares a área do Sacro Império, mas mesmo assim é difícil imaginar que, quando o conquistador do México precisava ir até a cidade buscar mantimentos, ele se deslocasse na poeirenta charrete do padre ou entre as cestas do padeiro.

O bardo Lope Rodríguez o acompanhou em sua última saída de casa, três meses antes que a morte o alcançasse em paz e na cama. Sabe-se disso porque sobreviveram várias cartas do poeta dirigidas à viúva, que ficara em Cuernavaca. Procuraram o banqueiro florentino Giacomo Boti, para penhorar o último lote de joias que Cortés conservava na Espanha, pois não tinha dinheiro para pagar ao médico.

Quando morreu, seus pertences foram arrematados em hasta pública nas escadarias da catedral de Sevilha. O texto da "Almoeda do Marquês del Valle", redigido em setembro de 1548 para legalizar o leilão, incluía roupa usada, um colchão de lã, duas estufas, dois lençóis, três cobertores, um serviço de mesa, um jogo de cozinha com jarros e caldeirões de cobre, uma cadeira e dois livros. Na lista não consta nem uma mesa, nem o estrado de uma cama: aos sessenta e dois anos, Cortés continuava comendo e dormindo como um soldado, embora evidentemente não fosse pobre: o dote de Juana foi mais que suficiente para comprar o duque de Alcalá, que não era mau partido para a filha de um insubordinado estremenho.

A simplicidade das posses sevilhanas de Cortés revela algo diferente da pobreza: uma intenção de retiro, um desinteresse geral, o fato de ser um homem que já não visava à matéria do mundo, quem sabe se distanciado pela memória de sua hora mitológica ou pelo rancor que lhe causava não ter voltado a ocupar um cargo com autêntico poder burocrático desde que Carlos I — sua bola esquerda — o nomeara marquês e o despojara da capitania-geral do México: um chute para o alto que ele só foi entender quando, depois da concessão de seu título, voltou para a Nova Espanha e se deu conta de que agora não passava de um milionário.

A viúva de Cortés, sim, fez o jogo da corte, mas com ultrajante displicência e apenas para garantir o futuro da filha Juana. Nada, porém, permitiria dizer que ela foi infeliz. Desde que deixara o palácio de seus calores em Cuernavaca e voltara à Espanha com Juana, considerava que já havia cumprido seu dever para com o mundo e se assumiu como um bibelô de luxo: a pessoa que era convidada e beijada só porque o conquistador tinha trepado com ela. Falava em banto com suas escravas, em nauatle com suas damas e em espanhol com ninguém além da filha — para os outros apenas sorria como se fossem personagens de um sonho que já durava demais. Não se encaixava por completo no presente de ninguém, porque na realidade era uma pura representação do passado: a sra. Cortés, marquesa Del Valle.

A espada, a lança, o capacete e o arcabuz, que acabaram adornando uma das paredes do pavilhão na casa dos duques de Alcalá, tinham sido conservados, depois da morte do conquistador, pelo bardo Rodríguez, na esperança de que a viúva o mandasse chamar para que os levasse pessoalmente até o infinito palácio de Cuernavaca.

Lope escreveu para a marquesa Del Valle uma epístola floreada, impenetrável e idiota sugerindo que lhe pagasse a viagem à Nova Espanha para que, depois de entregar-lhe as armas, ele pudesse contar pormenorizadamente os fatos dos últimos piedosos dias de seu marido. Com as armas, o bardo havia resgatado o escapulário do conquistador e o brasão que Carlos I concedera aos Cortés seguindo um horrendo desenho que *don* Hernán propusera para esse fim, enviando-o do México.

"La vermine hérétique"

Apesar do entusiasmo com que o rei Francisco recebeu as pelas de Ana Bolena, ele nunca as utilizou na quadra. Era um homem culto, sensível e dado ao fingimento, portanto fez o pequeno teatro da satisfação e do sarcasmo quando lhe foram entregues, mas nunca as tirou da caixa. Era o natural numa personalidade saturnina e delicada como a sua.

Francisco I não era um homem de quadras e competições. Tinha sido mecenas de poetas e músicos, protetor de Leonardo, colecionava livros. Quando finalmente conseguiu arrebatar Milão de Carlos I, saqueou com rigorosa benevolência toda a arte clássica que pôde e voltou a perder a cidade. Suas coleções foram a pedra fundamental do que mais tarde seriam o Museu do Louvre — cujo edifício ele remodelou — e a Biblioteca Nacional. Financiou, sem se aproveitar disso para ampliar seu reino, a expedição de Giovanni da Verrazzano na qual foram descobertas a Virgínia, Maryland e Nova York.

Foi justamente Nova York a cidade onde finalmente foram parar as três bolas feitas com o cabelo da rainha decapitada. Eu as vi na Biblioteca Pública que fica na Quinta Avenida com a rua 42, onde são conservadas como parte das coleções não expostas de parafernália esportiva arcaica. O rei Francisco levou as três pelas ao Palácio de Fontainebleau em 1536. Não saíram daí nem nunca tocaram uma quadra de tênis, como me explicou o curador gringo atualmente responsável por sua conservação. O mais provável, disse com ar de quem já pensou muito no assunto, é que logo tenham passado dos salões de exibição de troféus à função mais humilde, mas também mais honrosa, de aparador de livros. Nem sequer saíram da caixa antes de chegar à América?, arrisquei. É pouco provável. Posso tocá-las? Não. Por que estão aqui? Andrew Carnegie as comprou junto com um lote de manuscritos franceses e as doou ao museu; chegaram com as vigas de aço que sustentam o teto dos depósitos subterrâneos. Seriam as mesmas da caixa que Rombaud deu de presente a Francisco I?, insisti. Dirigiu o indicador enluvado para uma legenda escrita numa delas, com letra para mim indecifrável: "*Avec cheveux à la vermine hérétique*". Traduziu, todo orgulhoso: "Com cabelos da cadela herege".

O brasão de Cortés

Nunca um homem fez por alguma outra fé o que Hernán Cortés fez pelo catolicismo renascentista, mas, passados cinco séculos da maior façanha religiosa de todos os tempos, o Vaticano continua fingindo que não é com ele quando o nome do conquistador vem à baila. Só um tremendo bruto para não conseguir o reconhecimento por ter depositado aos pés do papa — sua bola direita — um mundo completo, com todos os seus animais, todas as suas plantas, todos os seus templos, todas as suas casinhas com as centenas de milhares de senhoras e senhores que se refestelavam nelas como coelhos, aproveitando que podiam andar quase em pelo graças ao eterno bom clima.

Deve-se pensar em Cortés suando dentro da armadura suja de fuligem e do sangue de seus inimigos, imaginá-lo canhoneando deuses. Mais que um militar, um estadista ou um milionário, o conquistador foi o olho de um furacão que assolou o Atlântico durante vinte e seis anos, sua ventania arrancando casas por tudo o que havia entre a Viena imperial de Carlos I e as Canárias, entre as Canárias e Tenochtitlán, entre Tenochtitlán e Cuzco: quatro milhões de quilômetros quadrados cheios de pessoas que cedo ou tarde se tornariam cristãs porque um estremenho quarentão e sem currículo tinha quebrado o casco do mundo sem sequer perceber o que estava fazendo. A cada segundo nascem no México 4787 pessoas e morrem 1639, o que quer dizer que a população cresce a uma taxa líquida de 3148 mexicanos por segundo. Um pesadelo. Há hoje 117 milhões de mexicanos — mais um número impreciso de seis zeros nos Estados Unidos. Num cálculo bruto, estima-se que nasceram, entre o ano de 1821, em que o país independente foi fundado, e a segunda década do século XXI, mais ou menos 180 milhões de mexicanos. De toda essa gente, só José Vasconcelos considerou Cortés um herói. Seu nível de impopularidade beira o absoluto.

Existe, por exemplo, uma inexplicável Frente Nacional-Socialista Mexicana, formada por trinta e dois skinheads. Os trinta e dois skinheads idiotas que integram a tal Frente são assumidos admiradores de Hitler, mas até mesmo esses tipos declaram em seu site que Cortés era um canalha. O marquês Del Valle oferece o mais espetacular *case* de má gestão da imagem de todos os tempos. Sua última vontade foi que levassem seu corpo morto ao México, onde queria descansar. Nenhum dos 1639 mexicanos que acabam de morrer neste instante visitou seu túmulo; todos eles teriam se oposto a um monumento em sua homenagem, à menção de seu nome numa placa, à recordação de sua existência por qualquer objeto no mundo. A mesma coisa pensarão os 4787 que acabam de nascer. Ele fez algo de muito errado, e sabia disso: em seu testamento, deixou esmolas para que fossem rezadas quatro mil missas pela salvação de sua alma. Se as missas, pagas adiantado, foram celebradas à razão de uma por dia na paróquia de Castilleja de la Cuesta, onze anos depois de sua morte, todas as manhãs, sua alma continuava a ser nervosamente encomendada aos anjos do purgatório.

Tudo isso explica por que ninguém nunca viu no México — e suponho que nem na Espanha — o brasão de Cortés. Seu escudo tinha quatro campos, um de prata com a águia bicéfala dos Habsburgo, representando o Sacro Império, que o conquistador ampliara a dimensões ainda grandes demais, na época, para serem calculadas. O segundo campo era de sable, ilustrado com as três coroas da Tríplice Aliança, que ele derrotou em 13 de agosto de 1521, dia de Santo Hipólito. O terceiro era de ouro, com um leão que simbolizava sua coragem; e o quarto, azul, com uma representação da Cidade do México sobre as águas. Em volta do escudo e à maneira de orla unindo e adornando os quatro emblemas, havia uma corrente da qual pendiam as sete cabeças degoladas dos sete caciques dos senhorios do lago de Texcoco. O bom gosto também não era seu forte.

O brasão e as armas nunca chegaram ao México, porque na data da morte de Cortés sua filha Juana estava prestes a completar catorze anos, e sua mãe já decidira voltar para a Espanha com ela para caçar um partido à altura de sua infinita riqueza — o pior dos cenários possíveis para o pobre poeta Rodríguez, que já não pôde se beneficiar com essa intermediação.

As Cortés se instalaram em Castilleja de la Cuesta e receberam as armas e o escapulário em cerimônia solene, à qual assistiu toda a andrajosa tertúlia final do conquistador e durou o que demora o cozimento de um ovo. Em seguida concentraram seus esforços em aparentar-se com os duques de Alcalá, o que não levou muito mais tempo que a entrega das armas porque, como todos os grandes da Velha Espanha — como Juana Cortés chamava o que já começava a lhe parecer um país sufocante —, estavam acuados pelas dívidas e em franco declínio de classe social.

Cabeças gigantes

O cardeal Francesco Maria del Monte tinha todos os defeitos imagináveis no clero contrarreformista, tão dado à higiene moral. Era veneziano, representava os interesses escusos dos Medici e da Coroa francesa no Vaticano e dispunha de arcas inesgotáveis que utilizava basicamente para corromper tudo — a começar por sua própria carne. Sua lista de amigos incluía os banqueiros mais abastados da cidade e uma plêiade de cardeais que podia, se quisesse, atrapalhar bastante a vida do papa. Além disso, era proprietário de um notório plantel de músicos, pintores, poetas e *castrati* capaz de pôr em circulação as mais devastadoras intrigas por toda a Roma. Esse circuito de poder não tornava Del Monte infalível — ninguém além do papa o era naquele tempo de bispos reacionários e inquisidores desenfreados —, mas lhe permitia desfrutar de uma rara tolerância. Seus caprichos e prazeres pairavam muito acima da linha já por si nebulosa do que era aceitável e até mesmo legal.

Apesar disso, o cardeal Del Monte morreu de velho, dono de um razoável pecúlio — vivia bem, mas não era um ladrão

— e de bom humor. Se não chegou a papa, foi só porque o recém-ungido Filipe IV da Espanha pressionou à distância as votações no conclave de 1621 para fechar a porta de São Pedro à Coroa francesa. Perdeu na rodada final da Sistina para Alessandro Ludovici — que governou como Gregório XV.

Apesar do grande poder que Del Monte acumulou, ninguém na Roma de seu tempo poderia dizer que não foi recebido com cortesia e generosidade no Palazzo Madama, que por três décadas interferiu com luvas de pelica na política vaticana; ninguém nunca o acusou de que suas manobras — complexas e ardilosas, uma vez que ele era representante do grão-ducado dos Medici na cidade — tivessem infligido dor em algum corpo ou perdas em qualquer arca, e ninguém, absolutamente ninguém, ousaria duvidar de seu prodigioso faro para identificar um objeto de arte que haveria de ter seu valor multiplicado.

Quando Del Monte comprava um quadro de um pintor vivo e o pendurava em seu famoso salão de música, assegurava ao artista a inclusão na seleta lista de candidatos a decorar o altar da próxima capela ou um muro do próximo claustro.

A historiadora da arte Helen Langdon pesquisou a coleção de pinturas acumuladas pelo cardeal Del Monte no Palazzo Madama. É verdade que os Leonardos, Raphaelos e Michelangelos do cardeal eram cópias, mas contava com cinco Tizianos, um Giorgione, vários Licinios e Bassanos. Era também, por imitação do grão-duque, aficionado a colecionar retratos.

O inventário de suas coleções enumera mais de seiscentos quadros — além de peças de cerâmica e esculturas —, dos quais duzentos e setenta e sete eram "pinturas, sem moldura, de quatro palmos cada uma, de vários papas, imperadores, cardeais, duques e outros homens ilustres, e até de algumas mulheres".

Quando se instalou no Palazzo Madama, Del Monte contratou os serviços do artista Antiveduto Grammatica — era esse mesmo seu nome — para que o abastecesse de retratos copiados. Segundo Giovanni Baglione em seu *Vite de' Pittori, Scultori ed Architetti Moderni*, Antiveduto Grammatica era, em seu tempo, "o grande pintor de cabeças gigantes".

É bem provável que Del Monte tenha conhecido Michelangelo Merisi da Caravaggio no ateliê do mestre Grammatica, no qual o artista trabalhou durante seus anos de pobreza e descrédito pintando cabeças gigantes a toque de caixa.

A maioria dos retratos que adornaram as paredes do Palazzo Madama se perdeu, com toda a justiça: eram uma merda; cópias de cópias feitas na oficina de um mestre sem talento cujo nome só entrou para a história por causa de sua ligação com a juventude de Caravaggio. Os poucos que chegaram a ser identificados não apresentam o menor traço da mão mestra de Merisi, ou porque ele não participou de sua confecção — não era o único assistente de Grammatica —, ou porque os pintava em série, sem a intenção de demonstrar nada a ninguém. Na época, ele já estava tentando conquistar um lugar como artista com ateliê próprio na cidade que era o umbigo do mundo da arte de seu tempo, e deve ter achado uma perda de tempo dedicar-se a um serviço que tampouco lhe garantia um sustento generoso.

O que ficou, sim, foram várias cabeças, nem todas gigantes, do próprio Caravaggio. O milanês pintou a si mesmo transido de febre em *Pequeno Baco doente* e abatido pela angústia diante da morte em *Martírio de são Mateus*. Em 29 de maio de 1606, Merisi assassinou Ranuccio Tomassoni numa quadra de tênis e foi condenado à morte por decapitação. Nos anos seguintes, retratou-se degolado em dois quadros: *Davi com a cabeça de Golias* — que enviou a Scipione Borghese para que intercedesse por ele junto ao papa Paulo V — e *Salomé com a cabeça de são João Batista* — que enviou como presente ao grão-mestre dos Cavaleiros de Malta, para pedir a proteção da ordem, pois já estava acuado pelos assassinos do papa.

Também se retratou como adolescente em *Os músicos*, que pintou sob o amparo do cardeal Del Monte, já morando no primeiro andar — o da criadagem — do Palazzo Madama. A lascívia de sua boca entreaberta, a suculência de seus ombros nus, o olhar suplicante com que fita o espectador único dessa pintura — foi a primeira que ele compôs para o exclusivo desfrute do cardeal — sugerem uma gratidão no mínimo voluptuosa. Em *Os músicos*, ele se retratou como um rapaz de catorze ou quinze anos, já tendo, quando o pintou, vinte bem-feitos e mais bem vividos. Esse detalhe é inquietante porque, durante as discussões do Conclave de 1621, o argumento com que os representantes de Filipe IV derrubaram a candidatura até então incontrastável do cardeal Del Monte ao trono papal foi que ele mantinha uma missão caridosa dedicada a recrutar garotos de doze e treze anos para educá-los pessoalmente no palácio. Segundo as denúncias cardinalícias, que vieram a público ao ser divulgadas anonimamente na "estátua falante" de Pasquino, em Roma, Del Monte recrutava os garotos "não pelos méritos de sua inteligência ou necessidade, mas por sua beleza".

Há uma sexta cabeça de Caravaggio, desenhada dez ou quinze anos depois de sua morte, em pastel sobre papel. É obra de Ottavio Leoni, que o conheceu muito bem. O marrom dos olhos, as sobrancelhas poderosamente delineadas que quase se encontram na base do nariz, a desordem de uma barba um tanto rala, o cabelo revolto e caótico, a pele do rosto brilhante de sebo e o nariz reto que não chegou a se deformar com a idade são os mesmos de seus autorretratos, mas no desenho de Leoni o gesto não é teatral. Ali o vemos como ele deve ter sido: difícil, bilioso, disposto ao desafio. A sobrancelha esquerda arqueada acima da direita deixa transparecer uma postura irônica e impaciente, desconfiada. A boca franzida para baixo assinala que não era difícil irritá-lo; seu desalinho, que ele não era vaidoso, e sim arrogante.

É, acima de tudo, a cabeça mais triste já desenhada: a de alguém que se fodeu, a de um encurralado por si mesmo. A cabeça de um sujeito que deixou de ter seu próprio nome.

Em março de 1595, Del Monte comprou do açougueiro e traficante de arte Costantino Spata dois quadros do jovem artista que ele conhecera no ateliê de cabeças gigantes de Antiveduto Grammatica. Estava tão no início da carreira que ainda os assinava com seu nome de rapaz lombardo, Michelangelo Merisio, e não com o de sua aldeia de nascimento: Caravaggio.

O cardeal pagou por *Os trapaceiros* e *A adivinha* oito escudos; quatro cada um. Nesse mesmo ano de 1595, Carracci vendia seus quadros a duzentos e cinquenta escudos; a renda anual de Del Monte — não o dinheiro que ele usava para suas manobras políticas e para a administração do palácio, mas o de suas despesas pessoais — rondava os mil escudos. Teria bastado para comprar duzentos e cinquenta Caravaggios por ano, vinte e um por mês. Quando morreu, aos trinta e oito anos, Merisi havia pintado não mais que quarenta e cinco quadros.

Em 1981, o Kimbell Art Museum, em Fort Worth, Texas, comprou *Os trapaceiros* por quinze milhões de dólares. O quadro não será posto à venda nos próximos anos, mas calcula-se que a única pintura do artista que poderia entrar no mercado no futuro, *O sacrifício de Isaac*, por enquanto na coleção privada da falecida Barbara Piasecka Johnson, será leiloado com lance mínimo entre sessenta milhões e noventa milhões de dólares, quando seus herdeiros resolverem se desfazer dele.

Apesar de sua espetacular avareza, o cardeal Del Monte sempre soube muito bem o que havia comprado. Expôs os dois quadros em seu famoso salão de música no Palazzo Madama, onde causaram tanta admiração entre os visitantes que pouco depois ele voltou ao açougue de Costantino Spata e comprou *Pequeno Baco doente* e *Cabeça de Medusa* — que mandou como presente para o grão-duque. No mesmo embalo e já empolgado, comprou também o próprio Caravaggio — ombros carnudos, boca fresca — e o levou para morar entre os criados do palácio para que fosse pintando quadros por encomenda.

Esse foi o ponto de inflexão de sua carreira, o momento em que sua vida de órfão à deriva passou para a quadra de saque.

Troca de quadra

O lombardo, de fato, não se lembrava de absolutamente nada da noite anterior. É bem provável que nem sequer se lembrasse do saque enquanto fazia a devolução, com a bola já em jogo. Talvez por isso estivesse apreciando tanto a pausa numa partida em que já havia perdido o primeiro set. O público se espalhara pela galeria para esticar as pernas, alguns tinham ido desaguar na sarjeta, portanto o artista, Madalena e Mateus desfrutavam de certa intimidade feliz.

Debruçado na balaustrada da galeria, não entendia por que cargas-d'água estava jogando pela contra um espanhol, nem por que esse espanhol tinha escolta, nem como era possível que estivesse perdendo, se seu rival era um almofadinha coxo e de bochechas balofas como um par de nádegas. Mas isso também não tinha muita importância: ele estava muito bem aspirando o cheiro intenso dos peitos de Madalena enquanto ela lhe perguntava por que os espanhóis podiam andar armados e seus amigos não. Os cavalheiros devem ser nobres, disse o milanês, e baixou a cabeça, como se enfiando o nariz no decote da puta pudesse se afastar de um mundo que lhe pesava nas têmporas e lhe secava a garganta. Aspirou. E esses soldados horríveis?, perguntou a mulher. O artista os observou. Dedicou-lhes um olhar distante, de olhos quase fechados. Todos verdolengos, disse; salvo o chefe, que é pior: rosadinho feito um porco. E voltou a se concentrar no decote.

Mateus, que já fazia algum tempo estava de mau humor por causa da demora do artista em despachar de vez seu adversário, comentou que os espanhóis talvez tivessem saído dos regimentos de Nápoles, mas que soldados eles não eram. Acrescentou: devem ser mercenários, *capo mio* — como se ele tivesse alguma dignidade moral superior à de um soldado, de um mercenário ou do que quer que fosse. Estava apoiado na balaustrada da galeria, de costas para a quadra e ao lado de seu *capo*, que agora retouçava na clavícula esquerda de Madalena.

Se uma pessoa ligada a alguma das famílias que governavam o lúmpen da cidade tivesse escutado São Mateus chamar o jogador de pela de *capo*, teria morrido de rir. O artista tinha então o direito de portar espada porque estava a serviço de um cardeal, e graças a isso podia ganhar um extra participando de cobranças forçadas e duelos de rua, mas era só. A cambada de meliantes que o seguia por toda parte não constituía uma quadrilha, por mais que, havendo necessidade de corpos, eles participassem — com paus e pedras — nos combates para tomar o controle de uma esquina ou de uma praça. Aquela família a que o artista pertencia o levava a sério por causa da ferocidade de alucinado com que podia empreender um combate e da relação íntima que tinha com o cardeal seu protetor — nunca permitia que ele passasse mais que algumas horas na cadeia —, mas não o considerava um homem confiável.

São Mateus coçou as costelas. Por fim disse: Por que não descemos o sarrafo neles, e pronto? O artista suspirou e voltou a fincar o nariz entre os peitos de Madalena. São espanhóis, disse ela: Imagina a confusão que se armaria. Falou com ar sonhador, com um sorriso quase doce e os olhos entrecerrados, como se aquele mundo hipotético onde convinha não se precipitarem não fosse uma festa de punhaladas e decapitações. Seria uma guerra na rua, concluiu, passando o dedo torto pela nuca do artista. Se estão jogando tênis conosco, não devem ser tão importantes assim, respondeu o mendigo num grunhido. Já te disse que são nobres, já é perigoso jogar *pallacorda* com eles. Ganha logo, *capo*, disse o velho. O artista se sacudiu um pouco, exalou o ar um tanto carregado de seus pulmões no decote da rameira e ergueu o rosto. Gritou: *Eccola!*, com a voz rascante com que teria pedido que lhe abrissem as portas de uma taverna ao amanhecer. Foi pegar a raquete e a bola que tinha largado no piso. Os curiosos, apostadores e amigos se redistribuíram na galeria enquanto os jogadores mudavam de quadra.

 O milanês cumpriu de maneira pesada e preguiçosa o ritual de troca de campo, arrastando os pés e sem prestar atenção em nada além do chão. Antes que acabasse de se posicionar na defesa, seu padrinho se levantou do lugar sob a galeria em que todos achavam que ele estava dormindo e, sacudindo a beca acadêmica, aproximou-se para murmurar alguma coisa ao seu ouvido. Enquanto o artista o escutava, cravou os olhos no chão. Seu padrinho mostrou, pela primeira e última vez na tarde, certa agitação enquanto insistia em lhe dizer alguma coisa: falava usando as mãos. Por fim os dois se agacharam e o matemático rabiscou umas linhas no piso, cruzou-as umas sobre as outras, bateu palmas sonoramente. O artista encolheu os ombros e o padrinho voltou ao seu lugar na tribuna, e a contar vigas.

 Postou-se atrás da linha, raspou um pouco o chão e levantou o rosto, em que brilhava um demônio novo. Entrecerrou os olhos antes de gritar *Eccola!*, agora puxando a voz de um fundo onde se acumulavam toda a raiva e a violência de que era capaz.

Almirantados e capitanias

Nem a viúva do conquistador nem sua filha Juana voltaram ao México, mas também não desenvolveram muito interesse pelo ambiente peninsular em que passaram o resto da vida. Como toda a descendência de Cortés, achavam inexplicável que a Nova Espanha infinita dependesse daquela titica de país onde os homens se vestiam com meias e se interpelavam aos brados mesmo quando estavam de bom humor. Falavam-se mais línguas no jardim da casa de meu pai que em toda a Velha Espanha, costumava dizer Juana à maneira de ingrata explicação de seu desinteresse pela Europa, onde na realidade foi magnificamente recebida. Não chegou a virar um vaso como sua mãe, que aceitava todos os convites para depois não abrir a boca nos saraus, mas também não se destacou por sua entrega à classe a que pertencia por pecúlio e, depois do parto de sua filha Catalina — futura duquesa de Alcalá —, por sangue.

A discreta loucura da viúva do conquistador tinha um lado prático: ela havia deixado, já sendo uma mulher madura, um reino de riqueza excepcional onde suas ordens eram cumpridas antes mesmo que lhe viessem à mente, mas o abandonara para que sua filha estivesse onde uma mulher devia estar. Seu distante e às vezes até gracioso desprezo pela mesquinharia peninsular era explicável.

Juana Cortés, ao contrário, viveu doente de América porque, tendo deixado Cuernavaca aos catorze anos, nunca chegou a compreender o cúmulo de crimes de guerra que lhe permitira viver uma infância de princesa silvestre. Os pomares andaluzes não eram de todo ruins, mas era impossível perder-se neles, arrancar as roupas no mais profundo do campo e brincar de cuspir sementes cantando em banto com as filhas das escravas. O Guadalquivir não era um rio onde as herdeiras de grandes fortunas nadavam peladas depois de se embriagar de chocolate na cozinha.

Depois das bodas de Juana Cortés com o herdeiro de Alcalá, a viúva do conquistador doou a casa um tanto sombria de Castilleja de la Cuesta às Freiras Descalças e se mudou com a filha para a residência dos duques, que tinha um nome mais que adequado: Palacio de los Adelantados. As remessas anuais que nessa época Martín Cortés ainda enviava da Nova Espanha bastavam para não se preocuparem com ninharias como uma fortaleza privada nos arredores de Sevilha.

Com o tempo, as Descalças venderam a casa do conquistador às freiras de uma ordem irlandesa que a conserva até hoje e que, aparentemente, integrou às disciplinas de sua clausura o considerável suplício que representa suportar o assédio noturno das quatro mil almas penadas dos destroçados à força de espada, lança e arcabuz que os sonhos de *don* Hernán deixaram untadas nos muros.

Juana Cortés usou *huipiles** na intimidade até o último dia

---

* Vestimenta da tradição nauatle consistente num camisão ou vestido de corte reto e vivamente adornado com bordados e debruns. (N. T.)

de sua vida, embora ela tivesse deixado a Nova Espanha aos catorze anos e por seu corpo não corresse nem uma gota de sangue indígena. Quando comparecia às funções da nobreza espanhola, só porque era inevitável, ela sempre levava dentro de uma elegante caixinha de prata um lenço, entrouxando alguns chiles serranos que mordia a cada bocado, como se fossem pão. Falava exagerando o som de S ao pronunciar os sibilantes Cs e Zs castelhanos, para ressaltar sua origem americana. Afinal de contas, ela também tinha saído daquelas bolas que eram Sua Santidade e o rei.

Conservou com zelo de loba as armas e o escudo do pai, embora o duque de Alcalá só lhe tenha permitido pendurá-las na varanda da casinha do jardim do Palacio de los Adelantados, onde suas marcas de glória ganhas à custa de cabelo e dentes não fizessem sombra às armas de mentirinha que orlavam o brasão dos Enríquez de Ribera. Passou a maior parte da vida nesse local, na companhia da mãe, as duas bordando e convencendo as netas cortesianas de que sua melhor parte era o sangue virulento do avô.

Tampouco para Juana era difícil ser arrogante: cada vez que um de seus irmãos — todos chamados Martín Cortés, tivessem saído do ventre de quem fosse — morria enforcado na Nova Espanha por crimes de lesa-majestade, as arcas do ducado de Alcalá voltavam a se encher.

Não raro, Juana instruía as filhas sobre sua peculiar visão de seus sobrenomes. Os duques de Alcalá, segundo ela, eram na verdade uma estirpe de tabeliães. Era uma linhagem de sangue que mal e mal mantivera certa importância na Coroa graças ao casamento de uma de suas filhas com os senhores de Tarifa e à conseguinte incorporação do Almirantado de Castela. Erguia as sobrancelhas com exagero para indicar que era um título notoriamente decorativo, como mostram os inexistentes oceanos —

dizia "osséanos" — de Castela. O que era isso comparado com os territórios que Cortés ganhara para Carlos I à base de *chingadazos*?

O fato é que em Cortés podem reconhecer-se todos os defeitos do mundo, mas ainda hoje ele tem o mérito de ser o patrono dos insatisfeitos, dos ressentidos, dos que tiveram tudo e o puseram a perder. É ainda a figura tutelar dos *underachievers* e *late bloomers*. Ele não foi praticamente ninguém até os trinta e oito anos. Aos trinta e nove resolveu, já em Villa Rica de la Vera Cruz, que sua expedição de reconhecimento deveria ser melhor em povoação e governo, e portanto ser regida pelo rei e pelo papa — suas bolas —, não pelo imbecil do governador de Cuba — cuja filha, aliás, era na época sua primeira esposa; também no ventre dela engendrou seu Martín Cortés.

Três anos depois de ter-se insubordinado contra o governo de Cuba, ele não apenas era a máxima celebridade da Europa, como se transformara no príncipe de todos os que botaram para foder alguma coisa sem se darem conta. É o padroeiro dos encrenqueiros, dos litigiosos, dos que são incapazes de reconhecer o próprio sucesso. O capitão de todos os que, tendo ganhado uma batalha impossível, acharam que era apenas a primeira de uma série e afundaram na própria merda com a espada em riste. O conquistador não era o pró-homem que a duquesa de Alcalá apregoava às filhas, mas era um modelo indiscutivelmente mais divertido que os almirantes de pedregais da outra banda da família.

A arenga de Juana Cortés acabava sempre igual: ela apontava para as armas com a agulha de bordar e dizia em nauatle: Essa espada cortou as sete cabeças dos sete príncipes do brasão; isso, meninas, vocês não podem esquecer. Depois voltava para o bastidor, a linha e o ponto-cruz. A viúva, em sua cadeira de balanço, confirmava com uma série de sacudidas de cabeça um tanto preocupantes.

Foi esse, mais ou menos, o ambiente em que cresceu Catalina Enríquez de Ribera y Cortés, primogênita de Juana Cortés e do duque de Alcalá e neta do conquistador. Aos dezesseis anos, foi casada com Pedro Téllez Girón, senhor de Peñafiel, futuro duque de Osuna, futuro defensor de Ostende, futuro vice-rei de Nápoles e das duas Sicílias, futuro pirata do Adriático, futuro chefe, colega de farra e parceiro de bordel de Francisco de Quevedo.

Paraíso

Diferentemente do rei e de todos os demais membros de sua corte, Philippe Chabot não era aficionado à arte, à cultura nem ao tênis, e sim à glória da França. Desde que o pobre Rombaud aparecera em seus aposentos com uma quarta pela recheada com o cabelo da Bolena, pensou nos dividendos que um objeto como aquele poderia render se o pusesse nas mãos certas e na circunstância adequada. Uma pela feita com o cabelo da rainha decapitada era o presente perfeito para abrandar o de per si flexível Giovanni Angelo Medici, então governador dos Estados Pontifícios e peça-chave nas negociações com Sua Santidade em torno da urgência de forçar a sucessão do marquesado de Fosdinovo em Lunigiana, onde um tal Pietro Torrigiani Malaspina, patrão de artistas medíocres e matadores magníficos, estava bloqueando, no porto de Carrara, o embarque de mármore nos navios franceses.

A bola não podia ir a Roma assim sem mais, por isso ele mandou fazer um cofrinho de lâminas de madrepérola engastadas em ouro que, além de condizente com a realeza e o luxo de seu conteúdo, tinha a vantagem de demandar um demorado trabalho de ourivesaria. Isso permitiu ao ministro, que, além de aficionado à glória da França, o era também — sempre em segundo lugar — às gulosas práticas sexuais das cortesãs de baixo estofo e peitos altos, pôr em prática algum jogo de cama com a bola sob cujo sutiã de couro palpitavam as tranças incendiárias de Bolena.

Fuga para Flandres

Mais que um matrimônio, Catalina Enríquez de Ribera y Cortés e Pedro Téllez Girón selaram uma poderosa sociedade de negócios, em que cada um cedeu ao outro aquilo que lhe faltava para pôr seu ressentimento em ação. Ele devolvia visibilidade à apagada casa de Alcalá com sua destreza política e sua proximidade do rei; ela entrava com o dinheiro e a memória dos colhões do avô, que tinha ido embora e conquistado o que julgava merecer.

Quando Osuna soube que haviam mandado de Madri uma equipe de esbirros para prendê-lo por zombar da generosidade do rei com sua viagem à Itália, embarcou para Ostende. Foi a Flandres de noite e acompanhado apenas por um de seus criados. Lá se juntou aos regimentos reais como um soldado qualquer, até se destacar por sua coragem em combate.

A casa de Osuna não tinha um modelo de ação como aquele: fugir do rei tomando as armas para defender o rei; reclamar um território a braço partido de modo a forçar o monarca a conceder o perdão, obrigá-lo a se dobrar com todos os seus juízes e oficiais. A única bagagem que o duque levou nessa escapada foi a espada de Cortés, que Catalina, sua mulher, despendurou do muro do pavilhão antes que ele caísse na estrada como um bandido.

Na Espanha do final do século XVI deve ter havido poucos maridos mais infiéis que Osuna, e é sempre interessante constatar que cada vez que o jovem duque era posto sob prisão domiciliar por motivos ligados à soltura de sua língua e à ubiquidade de seu sexo, cabia também a sua mulher assumir a prisão e passá-la com o marido.

Na hora dramática do último e mais grave encarceramento do duque, o que acabou por matá-lo porque dessa vez a acusação era de lesa-majestade e seus inimigos na corte eram infinitos, Catalina Enríquez de Ribera y Cortés não hesitou em escrever a Filipe IV uma espetacular carta em defesa do marido. Falando com o rei de igual para igual, a duquesa lembrou-lhe que seu sacroimperial avô, Carlos I, havia sido com o dela, Hernán Cortés, tão miserável como ele estava sendo com Osuna. Lembrou-lhe que Ostende teria caído e a Espanha teria sido obrigada a capitular totalmente aos Países Baixos se não fosse pela defesa que seu marido fez da cidade — o que, até certo ponto, era verdade. Ressaltou que só fora possível pactuar uma trégua sem ceder à rendição graças a seu homem, que havia lutado na lama em defesa do rei.

A carta não abrandou o monarca: o duque morreu sob rigorosa prisão domiciliar em 20 de setembro de 1624.

Na noite de 26 de novembro de 1599, quando Osuna fugiu para Flandres, sua mulher o acompanhou até os portões do Palacio de los Adelantados — onde os dois estavam escondidos enquanto os alcaides do rei o procuravam em seus próprios palácios. Tem-te vivo, disse-lhe antes de beijá-lo. Apalpou-lhe o peito. Levas o escapulário? Ele o sentiu embaixo da camisa. Nunca o tires.

O banqueiro e o cardeal

Embora o cardeal Del Monte fosse o patrão oficial de Caravaggio nos anos de sua arrasadora irrupção na cena da pintura maneirista, ele não foi o maior colecionador de seus quadros. Sua sensibilidade bastou para descobri-lo, mas não para entender do que ele era capaz quando se pusesse a pintar com absoluta liberdade e respaldo, como fez assim que teve um estúdio no Palazzo Madama e suficientes encomendas para desenvolver os poderes de seus experimentos visuais. Em seu tempo devem ter parecido estranhíssimos aqueles quadros de cores brilhantes, em que os personagens da história sagrada eram representados como os miseráveis que se apinhavam na Roma do final do século XVI.

O banqueiro Vincenzo Giustiniani, cabeça da *Depositeria Generale di Roma* e principal financiador da Coroa francesa, deve ter visto os quadros de Caravaggio no salão de música do Palazzo Madama — era vizinho e bom amigo do cardeal Del Monte — e, sem nunca ameaçar seu patronato, foi comprando do milanês todas as peças que deviam ser muito pouco decorosas para ornar as paredes da casa de um prelado. Essas peças, que já então começavam a exceder os parâmetros e que portanto Del Monte não podia mais exibir — e talvez tampouco entender —, acabaram sendo muitas. No final da vida de Merisi, o cardeal tinha oito quadros pintados por ele, e o banqueiro, quinze. A obra de Caravaggio foi apenas um dos campos em que Del Monte e Giustiniani competiram pela posse de objetos que raiavam o limite do aceitável na Roma contrarreformista. Se Del Monte comprou o segundo telescópio produzido com objetivos comerciais por seu protegido Galileu Galilei, foi porque Giustiniani tinha comprado o primeiro. Tanto nas faustosas festas do cardeal como nos conclaves um tanto espartanos do banqueiro atingia-se o auge da diversão quando abriam a porta do terraço e convidavam os presentes a ver a lua tão próxima como a veriam os selenitas.

Del Monte e Giustiniani não podiam ter personalidades mais opostas. O banqueiro era um homem comprido e casado que se entediava muitíssimo com as obrigações mundanas impostas por seu trabalho de financista do papa. Sempre que podia, fugia para os bosques da Ligúria para caçar gamos e javalis. Era seco, com aquele rosto afilado que denuncia os autênticos predadores. Falava muito pouco e lia muito. O mais oposto que se possa imaginar da exuberância gelatinosa do cardeal. A amizade que os ligava, além de genuína, era uma aliança de fogo que lhes permitia manobrar confortavelmente, embora por causa de sua filiação francesa eles fossem sempre minoria no Vaticano.

Ambos eram amantes da matemática e patrocinadores de tratadistas das ciências mecânicas. Os dois investiram tempo e dinheiro naquela nova forma da alquimia que não procurava a transmutação dos metais nem o elixir da eterna juventude, mas o conhecimento da matéria essencial da terra — hoje chamada química inorgânica.

Se alguém pensa que os objetos do mundo são todos compostos pelo mesmo grupo de substâncias e que eles sempre se deslocam por razões mecânicas, é natural que esse alguém encontre nas unhas imundas dos santos e virgens de Caravaggio — unhas do mundo e da História — uma voz providencial: a voz de um deus com mais gênio que capricho, um deus diferente de Deus, distante e sem a menor vontade de se manifestar em milagres diversos da combustão ou no equilíbrio das forças; um deus de verdade para todos: os pobres, os vagabundos, os políticos, os veados e os milionários.

Caravaggio foi para a pintura o que Galileu foi para a física: alguém que abriu os olhos e disse o que estava vendo; alguém que descobriu que as formas no espaço não são alegorias de nada além de si mesmas e isso basta; alguém que entendeu que o verdadeiro mistério das forças que controlam nossa maneira de habitar o mundo não reside em serem elevadas, e sim elementares. Del Monte e Giustiniani se renderam a Caravaggio. O banqueiro por efeito dos quadros, o cardeal por efeito do homem. Os dois viviam em palácios erguidos frente a frente na praça que era fechada pela igreja de São Luís dos Franceses, onde estão as primeiras obras de arte pública de Merisi.

No momento de seu salto para a fama, o artista milanês nunca precisou caminhar mais que trezentos metros para entregar o quadro que acabava de terminar.

Segundo set, primeiro game

O saque chegou fácil ao espanhol, que tentou acertar a caçapa, embora o lombardo estivesse bem plantado no centro de seu campo. O revés do artista foi simplesmente impossível não apenas de ser defendido, mas até de ser visto. Bateu no canto, dentro. *Quindici-Amore*, disse o matemático num tom que mais pareceu um risinho. Calma, já vimos que por aí não é possível, gritou o duque. O poeta entendeu que era impossível surpreender seu adversário enquanto jogasse na defesa, que deveria esperar. Recebeu o segundo saque, que rolou pela cobertura, e se posicionou rapidamente junto à corda no meio da quadra. Ali conseguiu conter uma primeira paralela pela esquerda do artista, que devolveu com sanha pela direita. Impossível alcançá-la. O duque, com os olhos arregalados desde que vira o embate do ponto anterior, nem sequer se esforçou em cantar o ponto. *Trenta-Amore*, quase sussurrou o professor.

O lombardo tinha acordado de ótimo humor naquela manhã, embora a primeira luz o tivesse ferido quando seu padrinho o arrastou para fora do estrado puxando-o de um pé. Caiu de uma sentada no chão de barro, cujo contato fresco com as nádegas lhe provocou certo prazer. Coçou a cabeça com as duas mãos. Bom, disse; continuava meio bêbado. Esfregou o peito com a mão direita, enquanto com a esquerda esculpia o rosto ainda amassado. Em seguida coçou os pelos pubianos, apertou as têmporas e só então abriu uma fresta do olho direito — o esquerdo coalhado de remelas.

O professor, já vestido e lavado, fitava com certa avidez a ereção de ferro que lhe crescera enquanto preguiçava na cama. Sentou-se ao lado dele. Estamos atrasados, disse, sacudindo sua cabeleira mechada de palha. Acorda de uma vez: ontem pactuamos formalmente um duelo. Um duelo, de manhã?, perguntou. Tinha a boca pastosa, amarga pelo ressaibo de gordura das tripas fritas que comeram na noite anterior, antes de se concentrarem no barril de grapa. O matemático acariciou-lhe o abdômen, ainda marcado pela esteira, desceu pela trilha de pelos que começava no umbigo, depois afastou a mão. O artista limpou as remelas do olho esquerdo com um dedo. Esqueceste? Sim, mas se eu matar alguém, ali mesmo me cortam a cabeça. É uma partida de tênis, explicou-lhe, contra um espanhol. O artista fechou os olhos e ergueu as sobrancelhas, livre de preocupação. Recostou a cabeça na cama, balançando-a de um lado para o outro. Coçou o pescoço. Nós fodemos ontem?, perguntou ao professor. Com o tanto que bebeste, tua pica não teria levantado. E a tua? Sim. Sendo assim, me deves uma. Esticou as pernas. O professor interpretou o gesto e obedeceu ao apelo do sexo do pintor. Acariciou-o com gentileza e demora. E eu gostei?, perguntou o artista ainda com meio sorriso. O matemático deu uma bufada que substituía o riso, o artista estendeu os braços pela beira do estrado, abriu um pouco as pernas e fechou os olhos. Meneava as nádegas no chão frio para estender o prazer até a espinha. O professor enfiou-lhe a ponta do nariz na orelha; quando sentiu a base de seu membro crescer, apertou-lhe os testículos com suavidade. O artista gozou com mais ternura que poder. Enquanto ejaculava, agarrou o professor pelo pescoço. Não me soltes. Temos que ir. Só um momento.

O professor esperou até que o sexo do outro adormecesse em sua mão, depois se levantou. Só então o artista abriu bem os olhos e o fitou, ainda do chão. O matemático sentiu que, enquanto o olhava, perscrutava sua caveira. Penteou-lhe o cabelo com os dedos para limpar o esperma. Deixarás que eu te pinte? O lombardo já acariciava o sexo inerme do professor com a ponta do nariz e do queixo. Este vestia a beca de gala, portanto a ação era mais um gesto de gratidão do que um convite a continuar com a brincadeira. Não sou tua puta. Deixou-o bolinar mais um pouco e disse: Te espero lá fora, nosso compromisso foi muito formal. O artista espalmou a própria coxa para indicar que já estava acordado.

Quebrou o jejum com meia garrafa de vinho que encontrou ao pé da cama — pensou que o matemático a teria deixado ali quando, de noite, se recolhera aos suntuosos aposentos dos convidados do palácio, onde dormia quando estava de visita em Roma.

Mais dois canhonaços do artista e ele fechou o game, a zero. O espanhol não encontrou o lugar onde poderia conter os tiros de um inimigo tão versátil. O lombardo se erguera como um gavião sobre a partida e controlava com graça e firmeza o galinheiro onde se batiam os demais assistentes à quadra. Estava jogando tão bem que não parecia nem empenhado nem particularmente possuído pelo espírito da vitória, muito menos ressaquento, insone e violado por um matemático. Foi eficiente até a perfeição. Está jogando como um santo, disse o espanhol ao seu padrinho durante o intervalo. Antes de voltar à quadra, o duque lhe disse: Espera, e tirou de sob a camisa e por cima da cabeça um escapulário. Pendurou-o no pescoço de seu valido. Dá muito boa sorte, disse-lhe. Que é isso?, perguntou o poeta, vendo a imagem um tanto desbotada. Uma virgem mexicana, acho, que dá boníssima sorte. Os guarda-costas do duque perderam as moedas que apostaram. Seu chefe lhes deu mais, enquanto observava seu jogador abatido pelo sol e pelo assombro, com os ombros pela cintura de tão derrotado. Aposta por pontos e não pelos jogos, disse o duque a Otero, que assim talvez a sangria seja menos dura. Sem querer ofender, respondeu-lhe o mercenário, acho que não fará diferença como apostarmos.

Classe média

Cargos de Pedro Gómez, pai de Quevedo:
Secretário da sra. imperatriz Maria na Alemanha.
Secretário de Câmara da rainha d. Ana.
Secretário de Câmara do sereníssimo príncipe Carlos.
Secretário de Câmara de Sua Alteza.

Cargos de Juan Gómez de Santibáñez, avô materno de Quevedo:
Secretário de Câmara de Suas Altezas.
Guarda-damas da rainha d. Ana.
Reposteiro de camas da rainha Nossa Senhora.

Cargos de Filipa de Espinosa, avó materna de Quevedo:
Açafata de Sua Majestade a Rainha.
Moça de retrete da infanta Isabel.

Bodas

Juana Cortés não assistiu às bodas de Catalina com o duque de Osuna: achou um acinte que entre os convidados estivesse o rei. Presenteou a filha com um colar de jade inscrito com caracteres latinos que havia sido o presente de casamento do conquistador para a avó da noiva. O colar se perdeu, assim como a maioria dos objetos cortesianos.

Na véspera do início dos festejos, mandou chamar o duque de Osuna. Disse-lhe que, quando ela morresse, as armas do conquistador passariam a ser dele, porque nenhum dos Martines Cortés era tolo o bastante para voltar à Espanha. Em seguida lhe estendeu sua mão de louca, que por um momento foi o ninho em que descansavam todos os infortúnios passados e futuros da América imensa: tinha na palma em concha um pardalzinho negro-mate emoldurando uma imagem irreconhecível pelo desgaste. É o escapulário de Cortés, disse; teu presente. O duque abriu as mãos para recebê-lo como se fosse uma hóstia. Não que ele acreditasse na história do avô gigantesco de sua prometida, mas entendia que a mulher estava lhe entregando uma alma. É feito com o cabelo que cortaram do imperador Cuauhtémoc depois de assassiná-lo, disse; que te proteja: meu pai nunca o tirou do pescoço e morreu de velho, devendo mais vidas que ninguém. Osuna o viu em suas mãos com sensações que oscilavam entre o medo e o nojo. Pendura-o no pescoço, disse a velha.

O duque nunca revelou nada além disso sobre a reunião a portas fechadas que teve com Juana Cortés ao longo de toda uma tarde às vésperas de seu casamento, mas deixou o pavilhão com um humor diferente: mais grave e como que aliviado. Acabava de aprender que não tinha sentido preocupar-se com o destino porque o roteiro é um só, o fracasso: nunca nada é o bastante para ninguém.

À noite, tirou o escapulário de dentro da camisa para mostrá-lo a Catalina. Iam se despedindo depois de jantar com os parentes que haviam chegado ao Palacio de los Adelantados para assistir às festas. Ela se espantou ao vê-lo. Estranho que ela te tenha dado esse presente, disse. O duque encolheu os ombros. Na verdade, é horrível, respondeu. Era um retângulo de um lavor feito com uma linha preta muito fina, muito resistente. Tinha engastada no centro uma figura já impossível de identificar. O que é?, perguntou à sua prometida. Uma virgem estremenha, a Virgem de Guadalupe; foi feito pelos índios; se o puseres perto de uma vela, brilhará sozinho. Osuna aproximou-se de um castiçal, mas não notou nada. Virou o escapulário até que o golpe oblíquo da luz o acendeu: reconheceu imediatamente a figura de uma virgem de manto azul, rodeada de estrelas. A iridescência do objeto era tão intensa que a imagem parecia se mexer. Soltou-o, assustado. Queima? Não sejas tolo, respondeu-lhe sua futura esposa. Ela o pegou e o fez brilhar de novo. Brilha assim porque é feito de penas, explicou. De penas? Penas de pássaros, eles faziam as imagens assim, para que brilhassem.

Voltou a pôr o escapulário embaixo da camisa. Tinha que

ir descansar antes do início dos banquetes. Fez uma reverência. Catalina ainda lhe perguntou, antes que ele se retirasse, sobre o que tanto havia conversado com sua mãe à tarde. Sobre teu avô, sobre um jardim muito grande, em Cuernalavaca. A futura duquesa o corrigiu: Cuernavaca. Acompanho-te até a varanda, acrescentou. Desceram as escadas de braço dado. Só então, chegando ao portão onde se separariam para só voltarem a se ver no altar, Osuna lhe perguntou com curiosidade sincera e talvez um pouco assustada: tu que dirias que quer dizer *chingar*?

Concílio jogado, concílio ganho

Giovanni Angelo Medici era um homem prático. Filho de um tabelião do norte da península italiana sem parentesco direto com os Medici que dominavam o grão-ducado da Toscana, administrava o governo dos Estados Pontifícios com as ferramentas da negociação, da mesura e da discrição próprios da era renascentista que lhe coube encerrar. Apreciou muitíssimo o presente que recebeu de seu amigo e colega Philippe Chabot, ministro plenipotenciário de Francisco I da França. Guardou a quarta pela de Bolena em seu gabinete. Costumava passá-la de uma mão para a outra quando recebia alguém para uma negociação complicada, dando a entender ao interlocutor que devia ser breve.

Quando, poucos anos depois de ter recebido a bola, a irmã mais velha de Giovanni Angelo Medici se casou com um irmão do papa Paulo III, nada mais pôde deter sua escalada pela hierarquia eclesiástica: era o único membro da cúria que, naquele momento, mantinha relações igualmente fluidas com o rei da França e com o sacro imperador Carlos I da Espanha.

Em 1545, foi nomeado arcebispo de Ragusa e em 1549, cardeal. Tudo isso apesar dos três frondosos filhos que ele levava a toda parte. Dez anos depois, já nos seus sessenta, foi eleito papa sob o nome de Pio IV. Em sua escolha, visava-se a uma figura conciliadora, que não ocupasse o trono pontifício por muito tempo — coisa que ele tampouco cumpriu.

Além de ser um grande administrador, um político que desconhecia a derrota e um leão na escolha de seus colaboradores, Giovanni Angelo Medici era aficionado do tênis. Mesmo quando já era papa, jogava senis partidas em dupla com seus filhos, e antes disso, quando era administrador dos Estados Pontifícios e bispo de Ragusa, foi muitas vezes visto nas partidas de rua de *pallacorda*, vermelho de entusiasmo e apostando forte com seus três rebentos.

Complacente até a corrupção com os amigos e implacável com os inimigos, encantador até para ditar sentenças de morte, Giovanni Angelo Medici foi a figura-chave da transição para a Contrarreforma e sua esplendorosa arte barroca.

Em 1550, nomeou Carlo Borromeo bispo de Milão, assentando em sua pessoa o novo protótipo do clérigo de alto escalão: um homem magro e seco como um franciscano, mas dono de uma educação sofisticada e capaz de navegar impávido pelas águas procelosas das recepções de corte. Borromeo era um fanático insuportável, mas também era muito carismático e nunca exigiu de ninguém nada que ele mesmo não fizesse, e por isso foi o mais convincente dos agentes da nova moral e da nova estética pródiga em ascetismo e olhares vidrados que o tempo da grande revolução eclesiástica demandava.

Pio IV nomeou Carlo Borromeo bispo de Milão por causa da assombrosa astúcia que demonstrara em seu primeiro encargo como privado papal, quando um tio o enviou para servir em Roma, um encargo que até sua aparição era considerado impossível de cumprir: destravar as conversações do Concílio de Trento.

Nos dez anos em que Trento ficou suspenso e pendente, as discrepâncias entre os cardeais espanhóis e franceses se radicalizaram a tal ponto que a única maneira de voltar a reuni-los foi prometendo que as discussões recomeçariam do zero. Não era para menos: durante essa década, Carlos I se retirara do mundo como o monarca mais poderoso que já existira, deixando o Sacro Império partido ao meio e o trono da Espanha sob as nádegas de seu filho Filipe II, que nunca entendeu que o compromisso com a defesa do catolicismo era um discurso da boca para fora. Na França reinava um rapaz protestante convertido ao catolicismo apenas por motivos estritamente políticos. A Inglaterra e os principados do norte da Alemanha, cujos cardeais, já separados do tronco de Roma, ainda participaram da primeira fase do Concílio, simplesmente perderam o interesse no processo: estavam muito bem e até mais prósperos sendo apenas cristãos. Não havia cardeais aptos a fazer a mediação entre os emissários dos novos reis da Espanha e da França.

Carlo Borromeo, na época apenas um jovem sacerdote disciplinado, exemplar e formidavelmente eloquente, convenceu ambas as partes de que Pio IV faria tábula rasa das conversações anteriores assim que se sentassem à mesa na sede tridentina. Na primeira sessão, porém, Sua Santidade resolveu repetir a tirada de Fray Luis de León: "Como íamos dizendo ontem...", disse, e com isso fez com que a discussão logo se inflamasse a tal ponto que, quando no segundo dia o papa insistiu em que deviam recomeçar da estaca zero, os cardeais se rebelaram e pediram para seguir a ordem do dia assentada na véspera. Afinal de contas, era uma frivolidade começar de novo só para que tudo desse certo desta vez.

A conclusão do Concílio não foi menos habilidosa do ponto de vista político. Quando Borromeo e o papa Pio consideraram que os cardeais já estavam girando em falso, o escritório de Sua

Santidade emitiu, sem avisar ninguém, a bula *Benedictus Deus*, que listava as conclusões do Concílio e instava os bispos de todo o mundo a acatarem seus ditames.

Houve, claro, cardeais renitentes que quiseram continuar discutindo. Houve até os que se negaram a concordar com que os pontos mais sensíveis da discussão ficassem em aberto para ser mais tarde regulados por um Novo Catecismo. Pio dobrou a todos em meio a doces finos, taças de vinho, largos sorrisos e, a bem da verdade, ameaças pouco veladas — nunca, na Roma posterior aos césares, foram executados tantos indecisos como nesses dias. Parece-me, dizia Pio IV a quem resistisse a assinar as atas — depois de cobri-los de afagos —, que o senhor terá de ter uma conversa com nosso querido amigo cardeal Montalto.

Montalto era o mais filho da puta de seus inquisidores, o mais convicto partidário do fim daquela baboseira de acertar tudo entre todos como se aquele navio não tivesse capitão, e o mais fervoroso defensor da ideia de escrever, de uma vez por todas, um catecismo que lhe permitisse mandar toda a Europa para a fogueira.

Borromeo não teria achado má ideia. Para Pio IV teria sido indiferente, desde que lhe permitissem contemplar a fogueira do mirante complacente que lhe concedia o fato de ser o último papa da Renascença. Escutando música, comendo bem, fazendo sarau.

A pelota e os clássicos

Usavam os romanos quatro gêneros de jogos de pelota, *follis*, *trigonalis*, *paganica* e *harpastum*. *Follis* era a pelota de vento, grande ou pequena: a grande os jogadores nus impeliam com os punhos armados de ferro quase até o cotovelo, o corpo todo untado de óleo e lodo, unguento que chamavam *ceroma*. Outra era chamada *trigonalis*, ou porque o local dos banhos onde se jogava era triangular, ou porque participavam três jogadores. A terceira conhecia-se como *paganica*: esta era de pano ou de couro, recheada de lã, cabelo ou pena algum tanto fofa; e por ser usada por aldeões, que em latim se chamam *paganos*, recebeu esse nome. A quarta e última era o *harpasto*, pelota muito pequena que se usava em solo poeirento. Todos esses jogos de pelota cessaram hoje, e se usam a pelota de couro, embutida fortemente de cabelo, lã ou borra; a pelota de vento, jogada com palas; o *valon*, que ainda se usa em Flandres e Florença; e a raqueta, muito praticada em Roma.

Epístola do licenciado FRANCISCO CASCALES
ao padre-mestre frei FRANCISCO INFANTE,
religioso carmelita, 1634

"Lo studiolo" de Giustiniani

As reviravoltas da política mediterrânea do século XVI fizeram de Vincenzo Giustiniani, herdeiro da titularidade da todo-poderosa casa bancária de San Giorgio di Genova, um menino pobre. Os turcos tinham invadido a ilha de Quíos, propriedade de seu pai e sede de seu império financeiro, e com a terra perdeu absolutamente tudo. Sua família chegou a Roma destroçada e na miséria quando o futuro banqueiro tinha dois anos.

Os Giustiniani de Gênova tinham sido os principais financiadores do império espanhol e passaram sem aviso e com sangue da opulência extrema ao absoluto desamparo que significava ser imigrantes em Roma. Para completar, chegaram estigmatizados como conversos, por ser muito malvisto na época dedicar-se às finanças. No retrato que Nicolas Régnier fez de Vincenzo Giustiniani nos anos 30 do século XVII, há um rastro desse estigma: seu rosto aparece dotado de um nariz tão imenso que quase lhe cobre a boca.

Com o tempo, o pai de Vincenzo recuperou sua fortuna, e talvez até a tenha ampliado — seus novos clientes, que eram a

Coroa da França e o Vaticano, eram melhores pagadores que os Filipes da Espanha —, mas para isso teve que impor a si mesmo um regime de trabalho e economia que marcou seus filhos tanto em termos de disciplina profissional — o irmão de Vincenzo, sacerdote, foi contador do papa — como de posição política: nunca perdoaram Filipe II da Espanha por não lhes ter concedido asilo em sua hora mais difícil, temendo críticas por favorecer conversos.

Por isso, para os historiadores, a inopinada visita que o duque de Osuna fez a Vincenzo Giustiniani no final de setembro de 1599 é muito desconcertante. Talvez, farto da perseguição do rei Filipe, Girón tenha acreditado que poderia conseguir algum tipo de aliança capaz de devolver à sua casa um brilho que na realidade já perdera havia muito tempo e para a qual a fortuna proporcionada pelo casamento era um respiro, não um porto seguro. Talvez a essa altura já tivesse decidido que, voltando de Roma, iria lutar em Flandres e fantasiasse com a ideia de reunir um capital superior ao de sua mulher para organizar um exército. Ou quem sabe a visita tenha sido apenas fruto da nostalgia do tempo em que seu pai ia à ilha de Quíos negociar os empréstimos que permitiram a Filipe II abrir as minas reais no Peru e na Nova Espanha.

Foi no Palazzo Giustiniani que Pedro Téllez Girón soube que a deslumbrante pintura sobre o chamado de são Mateus que vira na igreja de São Luís dos Franceses tinha sido feita por um artista sem renome apelidado Caravaggio.

Osuna não tinha o menor pendor intelectual. Sua afeição por Francisco de Quevedo é um mistério que só se explica porque o poeta tão cerebral e duro tinha, quando não estava traduzindo latins ou escrevendo tratados, um lado perdulário e fanfarrão tão poderoso quanto seu cérebro de monstro.

Com o tempo e os investimentos em suborno com o dinheiro da mulher, Pedro Téllez Girón se transformaria num político cercado de escrevinhadores e leguleios que redigiam suas cartas, mas no outono de 1599, quando foi recebido na representação da Casa de São Jorge em Roma, ele ainda não mantinha correspondências nem registros escritos de nada. É bem provável que fosse um analfabeto funcional e que justamente por isso andasse por toda parte com seu poeta a tiracolo, que também não tomava nota de nada. O único registro do encontro entre Osuna e Giustiniani é a anotação feita por um secretário anônimo no livro de convidados do palácio da praça de São Luís, em 28 de setembro desse ano: "Visita di P. Girone, nobile et fuggitivo spagnuolo". E depois registra que o banqueiro o recebeu na sala de troféus, o que significa que Giustiniani não tinha intenção de fazer negócios com ele.

O Palazzo Giustiniani era tão sóbrio como a pessoa de seu proprietário. Onde em todas as residências de seu estilo havia tapeçarias e painéis, ali havia estantes de livros; em vez de longos tapetes e poltronas estofadas, o banqueiro tinha pisos de cerâmica e ladrilhos e cadeiras tesoura — um tanto desconfortáveis. Se nos palácios como o do cardeal Del Monte havia uma galeria de intermináveis paredes forradas de quadros, na casa de Giustiniani as telas eram separadas por espaços de muro caiado que deviam causar agorafobia em seus visitantes.

Entre todas as obras que compuseram sua legendária coleção de arte, a única que ocupava sozinha uma sala — o *studiolo*, não o escritório bancário — era *Judite cortando a cabeça de Holofernes*, de Caravaggio. Ficava atrás de uma cortina, que ele abria antes de se sentar para comer ou trabalhar e fechava ao se retirar, como se o olhar dos criados que retiravam os pratos ou varriam o chão pudesse desgastá-lo. Com muita sorte, Osuna e seu poeta podem ter visto o quadro, pois, antes de ocultá-lo naquele altar profano em que acabou confinado, Giustiniani ainda o manteve por algum tempo na sala de troféus, que também era um espaço vedado às mulheres da família e às crianças.

Segundo set, segundo game

Dizer que no segundo game o artista atropelou o espanhol seria pouco. O poeta mal conseguiu cavar um ponto apesar do esforço sobre-humano com que perseguiu a bola, tentando desesperadamente esfriar seu adversário. O lombardo pairava no campo defensivo com a graça implacável de um relógio de carne. Durante a troca de quadra, o pintor havia sido tocado por uma aura de precisão e força que de repente inculcara no poeta a certeza de ser um principiante, um molenga, um recém-chegado a todas as lides. Sentia-se pesado, envelhecido, untuoso; mais espanhol que nunca, tomado pela manqueira que de súbito se transformara em todo o universo: faltava-lhe um terço de palmo na perna direita, e era esse terço o ponto onde o pintor estava colocando a bola repetidas vezes. Não que ele estivesse fazendo algo de errado: o artista é que era presa de um de seus raptos de perfeição. *Quarantacinque-quindici*, tornou a gritar o matemático. O duque já nem se lembrava de que ele também tinha o direito de cantar os pontos e até de contestá-los: não conseguia usar a boca para nada além de engolir em seco.

O matemático não era um homem nem de quadras nem de lutas. Tampouco era adepto do sexo entre homens. No palácio do bispo sodomita, em cujos aposentos pousava quando o trabalho o levava à cidade dos papas, resolvia uma comichão. Isso era tudo. Isso e o fato de que o artista que tinha seu apartamento e estúdio nos recessos do palácio tinha mexido com alguma coisa em seu centro de gravidade desde que lhe fora apresentado como a mais recente aquisição do cardeal. Achava-o ao mesmo tempo bestial e indefeso, frágil por trás de sua armadura de sebo, aguardente e maus bofes. Gostava de saber que era um homem inacabado, um ser contraditório que tanto podia continuar bebendo sem se alterar depois de se atracar com um desconhecido num bordel como, quando voltavam de noite ao palácio, prostrar-se no chão para tirar suas botas e passar-lhe devotamente a língua pelo peito dos pés. Nunca conhecera nem jamais conheceria uma pessoa tão extrema, nem nos anos mais duros de sua perseguição inquisitorial, quando seria entrevistado mil vezes pelos padres mais pervertidos do mundo. Não que o professor tivesse grandes pruridos sobre o exercício da sexualidade: considerava que, em termos de textura e pressão, não havia grande diferença entre a racha de uma cabrita madurinha e o cu do maior artista de todos os tempos, portanto o pegava em nome da experimentação científica.

E ainda havia seus quadros. Nunca tinha visto nada comparável àquelas pinturas, nem em sua Pisa natal, nem na Florença onde estudara, nem em Pádua, onde lecionava e mantinha uma mulher que tampouco diferia muito de uma cabrita madurinha ou de um grande artista, a não ser porque lhe dava filhos.

Era como se todo o espírito dos tempos que corriam tivesse morada na mão do artista: a escuridão, a secura, a dignidade pobre dos espaços vazios. No ano anterior, quando estivera em Roma para prestar um concurso para professor em La Sapienza, o matemático confessara ao cardeal que preferia permanecer na Universidade de Pádua: Roma é uma cidade banguela, disse, cheia de terrenos baldios, meio vazia, como os quadros do teu pintor. O professor vinha de uma família da baixa nobreza toscana. Seu pai também era matemático, mas refinado pela abstração da música em vez da rudeza dos materiais e seus movimentos: era alaudista. Tornou-se amigo do cardeal no seminário, onde os dois tocavam numa orquestra papal — o futuro ministro para abrir caminho nos salões da cúria, o futuro matemático para ganhar uns trocados e um pouco de conforto.

Diferentemente do cardeal, para quem a religião nunca fez a menor diferença — entendia que seu papel na Igreja era político, por isso nem sequer oficiava —, o pai do professor abandonara a carreira de sacerdote numa crise de fé e educara os filhos o mais longe possível da hierarquia católica, na cidade de Pisa, onde na época se respirava o ar tolerante da Sereníssima República de Veneza. O cardeal e o alaudista mantiveram o misterioso cordão da amizade atado por toda a vida graças ao hábito de tocarem juntos sempre que se encontravam.

Quando o professor ficou órfão, o cardeal o manteve sob seu amparo, ainda que à distância. Já na época se encantara com a inteligência desafiante e descomunal do filho mais velho de seu amigo e o apoiou para além da dívida de amizade durante sua ascensão pelas íngremes escadas da carreira universitária.

Em suas estadas na casa do cardeal, o matemático evitava tanto quanto possível o desfile de celebridades que diariamente visitavam seus salões, os intermináveis banquetes, as reuniões musicais que começavam com a apreciação dos alaúdes e terminavam em luxuriosos bailes de pares formados por bispos balofos e seminaristas enxutos — rapazes que, afinal de contas, já usavam saias desde que chegavam. Ele geralmente escapulia cedo e, antes de se recolher a seus aposentos, descia aos quartos da criadagem para ver se encontrava o pintor trabalhando ou prestes a sair para incendiar a noite com sua coorte de bandidos e rameiras. Achava mais divertida a barbárie dessas farras.

Se o artista estava trabalhando num quadro, não ia para a rua, e então podia vê-lo concentrado em copiar um único dedo do pé de um de seus modelos, que eram obrigados a permanecer imóveis à luz das velas por horas a fio. Eram essas suas noites romanas preferidas e as únicas situações em que podia conversar sobriamente com o milanês. Nas viagens em que o encontrava ocioso e sem encomendas, também desfrutava de sua voracidade de miserável. Havia uma furiosa franqueza em suas escapadas noturnas, uma ira que depois se imprimia em suas pinturas.

Foi num dos banquetes do andar de cima, uma noite em que não conseguiu escapar cedo, que o professor viu a mais bela peça cardinalícia que veria em toda a sua vida: uma mitra de cores iridescentes que um bispo ultramarino mandara a um papa, para que a usasse nas sessões do Concílio de Trento. A mitra havia sido exibida no jantar não como uma obra de arte nem como a relíquia de um momento de cisão na história da Igreja Romana, mas como um objeto de luxo tão extremo que quase chegava a ser sórdido: uma peça de bordel arquiepiscopal. Mesmo apresentada assim, o matemático achou-a alucinantemente linda pela forma como refletia a luz das velas: era feita de um material iridescente que ele desconhecia.

No dia seguinte, foi examinar a mitra no gabinete do cardeal Del Monte. Assim que a teve nas mãos, notou que as representações do divino verbo e da crucificação que a adornavam não estavam pintadas sobre cetim, como supusera, mas eram feitas de penas; mais que um óleo, parecia um retábulo de filigrana mínima. De onde isto saiu?, perguntou ao cardeal. De um lugar chamado Mechuacán, nas Índias, respondeu Del Monte. Quem é o artista? Uns índios de lá. Virou-a para um lado e para o outro, ele a recordava mais brilhante. Embora a feitura da peça fosse mesmo admirável, na noite anterior tivera a sensação de que ela emitia luz, por isso o desapontava um pouco descobrir que aquilo havia sido uma espécie de alucinação. Por que não brilha como ontem?, perguntou depois de sopesá-la e cheirá-la. É um mistério dos índios: só se acende à luz de velas. Apesar da relutância do cardeal, o matemático conseguiu que ele lhe emprestasse a peça por algumas horas para estudá-la com as lentes cada vez mais possantes que estava desenvolvendo. Devolveu-a no dia seguinte, declarando-se muito impressionado.

O professor nunca escreveu uma teoria da luz similar à que elaborou sobre a trajetória das balas — uma teoria muito útil para o artista ganhar dinheiro nas quadras de tênis da praça. Não foi por falta de vontade. Numa carta a Piero Dini, de 1615, contou-lhe sobre as penas iridescentes das Índias e sobre uma pedra fosforescente que conseguira em Pádua, a grande custo. Depois de seus anos de prisão, confessou em outra carta que teria resistido outra vida inteira a pão, água e grades se isso lhe permitisse desenvolver melhor suas ideias dispersas sobre o fluxo da luz.

É o puto do matemático, disse o duque ao poeta quando o massacre do segundo game terminou. Não viste como ele passou toda a primeira parcial fazendo contas? Quem sabe o que lhe disse durante a troca de quadra; encontrou o ponto que não alcanças. O poeta ergueu as sobrancelhas: não percebi, disse.

Te-déum entre as ruínas

Na noite de 28 de fevereiro de 1525, uma terça de Carnaval, o imperador Cuauhtémoc sonhou com um cachorro. Esperou, numa calmaria agravada pelas correntes que o prendiam à cama, que Tletlepanquetzal — senhor de Tacuba e companheiro de grilhões — acordasse para lhe contar o sonho. Tem certeza?, perguntou o príncipe remelento ao seu imperador, que já contava várias horas olhando para o teto da cela improvisada que os dois dividiam. Absoluta, respondeu, o cachorro passou a noite toda sentado na minha frente, lambendo meus pés. Tletlepanquetzal limpou o nariz com as costas da mão acorrentada. Que pés?, perguntou.

O imperador contava, nessa manhã de Terça-Feira Gorda, mil trezentas e três noites indo dormir com a esperança de que o mais virulento dos maus agouros passasse por seu corpo lastimoso de príncipe coxo, maneta e, como se ainda fosse preciso, acorrentado.

Desde a madrugada em que um piquete de tlaxcaltecas o capturara quando ele tentava deixar a Cidade do México para organizar uma última resistência num dos portos do lago de Texcoco, todo dia Cuauhtémoc rogava a todos os seus deuses que lhe entregassem a morte. Por razões que nunca ficaram claras, Hernán Cortés decidiu conservá-lo vivo junto ao príncipe Tletlepanquetzal, que o acompanhava na última *chinampa** real que navegaria pelo lago do México.

O imperador Cuauhtémoc, o rapaz que organizara a defesa de Tenochtitlán como pôde e a quem já não restava nenhum parente que pudesse herdar a Coroa, fora capturado em 13 de agosto de 1521, dia de Santo Hipólito. A notícia logo chegara à cidade, e seus defensores simplesmente saíram para a rua desarmados, talvez na esperança de tomar um gole de água fresca antes de serem dizimados: os espanhóis haviam cortado o suprimento desde o primeiro dia do sítio, e o lago de Texcoco era venenoso, impregnado de enxofre. Saíram de suas casas num estado de espírito que oscilava entre o furor e a abulia: tinham jurado a seus deuses que, não havendo Cidade do México — "os alicerces do mundo" —, não haveria mexicanos, portanto se entregaram ao ritual de ser saqueados, violados, degolados, devorados por cães, quase alegres por desaparecer logo.

A queda de Tenochtitlán aconteceu como que em surdina. Apesar de talvez ter provocado mais efeitos planetários que a queda igualmente monumental de Jerusalém e Constantinopla, apesar de nos três casos terem desabado mundos inteiros, tragados pelo pântano de sangue e merda que a História deixa quando enlouquece, em Tenochtitlán tudo aconteceu filtrado pela melancolia da culpa, como se os senhores que por fim se impuseram tivessem consciência de que estavam quebrando algo que depois não teria conserto.

---

* Ilhotas artificiais características das civilizações mesoamericanas; por extensão, um tipo de balsa asteca. (N. T.)

Não há nenhum sinal de satisfação na carta em que Cortés contou ao rei que finalmente se dobrara a espinha do império mexicano. É como se os três meses de sítio o tivessem deixado tão exausto, faminto e sedento como seus vencidos. Não houve entrega de troféus nem marchas triunfais. Oficiou-se um te-déum entre as ruínas, e no dia seguinte todos foram trabalhar na tediosa tarefa de limpar a cidade arrasada.

O dia 13 de agosto de 1521 perdura nos documentos apenas como o registro burocrático da prisão de Cuauhtémoc, e não haveria nenhum herói, talvez nem sequer um vilão, se não fosse porque, quando os espanhóis chegaram ao palácio de Moctezuma durante o saqueio, descobriram que ali não se escondia um tesouro, que o ouro ganho na batalha não daria nem de longe para pagar à tropa que estava havia vários anos desesperada por receber alguma recompensa, e o capitão-geral decidiu, na primeira de uma série de péssimas decisões administrativas que se seguiu a suas magníficas decisões militares, manter Cuauhtémoc vivo, utilizá-lo como bode expiatório torturando-o em praça pública para que confessasse onde escondia as montanhas de ouro que na realidade já era evidente que não existiam.

O imperador teve as mãos e os pés queimados com óleo fervente. Não o mataram, apesar de ele mesmo ter pedido a Cortés que o fizesse, primeiro educadamente, depois aos gritos e no final amaldiçoando-o. Bernal Díaz del Castillo — ou seja lá quem tenha escrito o testemunho — não demonstra em seu relato dos fatos mais que comiseração pelo imperador e vergonha alheia de seu capitão.

Quando, mil trezentas e três noites depois do tormento público, na terça-feira de Carnaval de 1525, o índio Cristóbal Mexicaltzingo entrou na cela improvisada no que hoje é Campeche para conduzir o imperador e o senhor de Tacuba à presença de Cortés, encontrou-os sorrindo.

Cuauhtémoc morreu garroteado, na penumbra e sem julgamento, naquela mesma manhã. Corriam rumores de que estava preparando um impossível motim de coxos contra a expedição de conquista de Las Hubieras e El Petén na qual o capitão-geral o arrastara acorrentado, para não ter que deixá-lo sozinho na Cidade do México ainda em reconstrução.

Chega a ser engraçado que o dia em que o mataram fosse uma terça-feira de Carnaval: coxo, maneta e acorrentado, encarnou o papel meio óbvio de rei feio que deve morrer para que no dia seguinte o mundo seja inundado pelas águas originais da Quarta-Feira de Cinzas e, quarenta dias depois, amanheça salvo.

Assim que o príncipe de Tacuba e o imperador do México exalaram seu último e pastoso suspiro, Cortés mandou decapitá-los e expor as cabeças no lugar mais visível da aldeia em que passaram sua última noite, para escarmento de quem pensasse que era boa ideia aproveitar a confusão da selva para se amotinar. Coube ao índio Cristóbal a tarefa de cortá-las e fincá-las em espetos fixados numa grande sumaúma. O cacique local não protestou pela escandalosa profanação da árvore sagrada do lugar: estava empenhado em sobreviver ostentando o mais convincente dos cristianismos desde que, durante a manhã da segunda-feira de Carnaval, um exército de mortos de fome o expulsara da floresta como a um pesadelo.

Cortés pediu ao índio Cristóbal Mexicaltzingo que, antes de acomodar a cabeça imperial no espeto, cortasse sua cabeleira. Junta todo o cabelo e entrega-o a *doña* Marina, disse ao índio, arregaçando as mangas para se sentar a tomar seu desjejum na choça do cacique. Diz-lhe, continuou, que lavre com ele um escapulário com o qual me protejam meu Deus, minha Nossa Senhora e os demônios de Guatemótzin. Tirou do pescoço um cordão com uma medalhinha de prata com a imagem da Virgem da vila de Guadalupe, na Estremadura, e o estendeu ao índio. Diz a ela que copiem essa figura e a ponham no centro.

O resto do corpo do imperador foi esquartejado, queimado e espalhado. Cortés tinha lido seu Júlio César e não queria que lhe roubassem o cadáver do Vercingetórix que a fortuna lhe pusera no caminho. Por isso o levara até a lagoa de Términos, e por isso o carregara com ele antes que as cidades mais bem organizadas do Sul pudessem ver em seu cadáver uma mensagem de qualquer espécie.

Não voltou a se lembrar do escapulário que mandara fazer porque, livre de Cuauhtémoc, se entregou a uma revanche contra todo o seu passado recente e, aproveitando o embalo, também se desfez da Malinche: sua tradutora, assessora política, amante e segunda esposa. Ordenou que um de seus homens se casasse com ela e que os dois voltassem a Orizaba. Como presente de casamento, entregou-lhes as terras comunais do povoado e todos os índios que nelas trabalhavam, para que fizessem o que bem entendessem com tudo aquilo.

Dicionário de Autoridades

PALA. No jogo da pela, é uma tábua grossa com que se impele a bola. É como de duas terças de vara, com um punho ou cabo, o qual em proporção vai-se alargando até formar no arremate uma guisa de semicírculo. Forra-se comumente de pergaminho, o qual é colado para que os golpes não rachem a tábua.

Madri, 1726

O segundo incêndio de Roma

Um retrato que fizesse jus a Pio IV teria de ser um retrato à mesa — um quadro de luz e sombra em que ele aparecesse presidindo a grande ceia do Barroco. Seu papado, afinal, foi o aperitivo de todas as fogueiras da modernidade.

Nesse retrato justo de Pio IV, ele estaria sentado, com uma taça de vinho branco numa das mãos e um punhado de amêndoas na outra. A batina púrpura salpicada de sal, a barba engordurada pelas grossas fatias de um salsichão de javali que acabava de comer. Ao lado dele, uma mesinha sobre a qual haveria um prato de porcelana com postas de atum. O papa, a comida, o vinho. Mas haveria mais: a mesa estaria instalada num pátio. Seria noite, haveria tochas, haveria um exército de serviçais cobertos de veludos atentos aos desejos de Sua Santidade. Nesse retrato, Pio IV estaria nas alturas, vendo Roma arder — a fogueira e a modernidade, a fogueira da modernidade que se instala —, e depois a Europa inteira, as chamas, luz em seu rosto. A Europa estava superaquecida por causa do descobrimento e da ocupação do Caribe, da conquista do México e da sujeição do Peru, das rebeliões dos bispos reformistas. Ele, homem prático e de intenções neutras, apenas lançara a fagulha que deflagrou o incêndio ao dar status de lei aos acordos do Concílio de Trento. Seria melhor que ele não estivesse sozinho diante do inferno que lamberia suas pantufas de seda. Estaria com Carlo Borromeo, o ideólogo e máximo propagandista da Contrarreforma, e com o inquisidor Montalto, que a executou a ferro e fogo. Montalto chegaria a pontífice com o nome de Sisto V — um nome arrevesado e talvez por isso reforçado para a História com o epíteto de "Papa de Ferro". Borromeo não teve a dignidade imperial de seus interlocutores, mas foi a eminência parda por trás de Pio IV e Gregório XIII. Morreu jovem e foi beatificado poucos anos depois. Seu cadáver está sepultado embaixo do presbitério da catedral de Milão, no que hoje se conhece como *Lo Scurolo di San Carlo*, um sarcófago de cristal de rocha — como o de Branca de Neve. Seu arrepiante corpo mumificado — uma coisinha negra e mascarada, coberta de joias e mantos — pode ser visto pagando-se dois euros.

Para que os três cardeais estivessem reunidos num retrato justo de Pio IV diante do incêndio, seria preciso escrever aqui um motivo. O papa, por exemplo, aproveitando que Borromeo deixara Milão numa visita de trabalho ao Vaticano, pode tê-lo convidado para que contasse como a cidade se recuperava da peste. Montalto estaria tratando de assuntos práticos com o papa e teria ficado para jantar com eles.

Ou podia ser que Borromeo tivesse convidado o pontífice e o inquisidor para um conclave íntimo na *loggia* do Palazzo Colonna, residência oficial dos milaneses na cidade dos papas. Um conclave secreto e faccioso de três homens que, apesar de seguirem caminhos distintos, haviam coincidido ao articular em Trento a forma que teria o século barroco prestes a começar. Eram irmãos de armas.

Se o encontro tivesse acontecido, por exemplo, no ano de 1565, quando a Espanha tomou posse das Filipinas e o mundo afinal se arredondou, Pio IV, o mais velho dos três, estaria sentindo o chamado da morte nos ossos, seus olhos lombardos transitando do plácido azul que sempre os habitara ao transparente dos que já deixam passar as visões. Seria, portanto, um último encontro privado entre os três. O papa teria setenta e seis anos, a barba já branca, a respiração difícil por causa do sobrepeso que suas felicidades lhe deixaram. Carlo Borromeo teria vinte e sete: magro, fibroso, com seu rosto comprido e mal barbeado de modelo de El Greco. O cardeal Montalto, inquisidor todo-poderoso com muitas contas pendentes, na terrível encruzilhada dos quarenta e cinco anos: velho demais para tudo, jovem demais para tudo. Durante a reunião perceberia que, com a morte de Pio, ficaria sem respaldo na cúria romana, porque ele havia posto tanto empenho em enforcar, esfolar e esquartejar meia Europa que descuidara de urdir as relações políticas que lhe permitissem sobreviver à troca de papas.

Nesse retrato justo de Pio IV com seus irmãos de armas defronte ao incêndio estariam os três de bom humor, dispostos a tirar conclusões. Os três sentados na ladeira do monte Esquilino, na *loggia* do jardim do Palazzo Colonna, vendo Roma do lugar em que, no século XVI, ainda estavam as ruínas do templo de onde Nero viu a cidade arder. Estariam no terraço, fascinados com a dança das labaredas, os criados e guardas entre as colunas tombadas e cobertas de trepadeiras, a vegetação exsudando seus óleos como uma resistência última e inútil ao fogo contrarreformista que, finalmente, arrasaria tudo.

Miséria

No dia 14 de março de 1618, Quevedo escreveu uma carta a Pedro Téllez Girón descrevendo minuciosa e cruelmente a avidez com que o duque de Uceda, valido do rei, recebera um suborno. Quevedo diz que as pessoas do Palácio de Uceda eram tão mesquinhas e estavam tão prontas a arrebatar qualquer pequena derrama de bens que não perdoavam sequer o material das embalagens: "Não deixaram escapar nem o algodão, que foi aproveitado em pavios de vela". Os caixotes em que vinham os presentes também tiveram uso: "As caixas de madeira em que tudo vinha acharam que escapariam por seus deméritos, mas, descobrindo aquelas gentes que eram feitas de choupo, com grande festa as repartiram para fazer palas de pela".

Judite cortando a cabeça de Holofernes

Judite cortando a cabeça de Holofernes mede dois metros por um metro e meio. É um quadro difícil de transportar, mas não que não possa ser carregado por uma pessoa: pegando-o pela base e apoiando a trave central no ombro, seria possível levá-lo de um lado ao outro da praça romana de São Luís dos Franceses. Quando Caravaggio o pintou, fez exatamente isto: ajeitou o quadro sobre o ombro, em seu estúdio, cruzou o pátio que separava os quartos de serviço da cozinha, e foi de um extremo ao outro da esplanada para entregá-lo na mansão do banqueiro Vincenzo Giustiniani, que o encomendara.

Foi o último quadro que Caravaggio pintou antes de se tornar a maior celebridade dos círculos de arte em Roma durante a conturbada virada do século XVI para o XVII. Ele deve ter transportado a tela antes que a igreja de São Luís dos Franceses abrisse suas portas para a primeira missa: já estava escandalosamente atrasado com a entrega de *Vocação* e *Martírio*, que iriam adornar a capela de São Mateus naquele templo. O prazo registrado no contrato que ele assinara com a Confraria da França tinha vencido duas vezes, e a demora do artista foi tanta que o cardeal Matthieu Contarelli, idealizador da capela em homenagem a seu xará apóstolo, morreu no ínterim. Caravaggio tinha fortes motivos para retardar a entrega: a decoração da capela de São Mateus era seu primeiro trabalho para uma igreja e quis que aquelas duas peças iniciais de arte pública fossem obras-primas — como indiscutivelmente o foram. Por outro lado, entendia que a boa estrela que vinha iluminando sua carreira passava pela generosidade de Del Monte e Giustiniani, portanto atendia primeiro às encomendas de seus mecenas, e só depois às de seus clientes.

A madrugada de 14 de agosto de 1599, quando Caravaggio transportou o quadro sobre a decapitação de Holofernes do Palazzo Madama até o do banqueiro, sem dúvida foi quente, por isso o artista não devia vestir a legendária capa preta que o cobre em absolutamente todas as descrições — e são muitas — que constam nos registros policiais de Roma, uma para cada detenção.

Merisi era um homem extremo, desesperado. Entre o verão e o outono de 1599 viveu um de seus períodos mais produtivos, por isso devia estar nervosamente sóbrio quando entregou o quadro no Palazzo Giustiniani — as olheiras vermelhas, a pele opaca, o olhar perdido dos que trabalharam dias seguidos sem descanso. Caravaggio não desenhava: pintava a óleo direto sobre a tela e desconfiava da imaginação em que o maneirismo era pródigo; representava em seu estúdio as cenas que ia pintar, com modelos reais. Sempre as elaborava de uma tacada, trabalhando milimetricamente durante vários dias e com fontes de luz controladas que ele transpunha à tela exatamente como as via.

A cena em que Judite corta a cabeça do rei Holofernes acontece de noite, portanto o quadro deve ter sido trabalhado com as janelas do estúdio vedadas e os modelos iluminados por velas. O mais provável é que Caravaggio tenha entregado o quadro assim que o deu por terminado. Precisava de dinheiro para comprar o material necessário para executar, agora sim, os óleos monumentais de São Luís dos Franceses.

Ele deve ter cruzado a esplanada às pressas, tentando não ser visto, sem cumprimentar os vagabundos que deviam ter sentido sua falta nas noites que dedicou àquela pintura. Certamente a levou descoberta, pois não podia nem sequer protegê-la com um pano — um óleo leva anos para secar — nem encostar a superfície pintada no ombro. Chegando às portas do Palazzo Giustiniani, terá baixado o quadro e, apoiando-o sobre a ponteira de suas botas para que não se sujasse com a poeira do chão, terá golpeado a aldrava com uma das mãos enquanto com a outra equilibrava a pintura sobre o peito do pé.

Giustiniani era um homem com horários de caçador, portanto, quando Caravaggio chegou, já devia estar em seu gabinete, conferindo as contas da véspera. Ou até no pátio, escovando as crinas de seus animais antes que os cavalariços fossem alimentá-los. Já teria tomado sua xícara de chocolate, o único luxo que se dava. Algum serviçal deve tê-lo procurado para lhe perguntar o que fazer com um louco que estava chamando à porta com um quadro horrível. Se Giustiniani estivesse no pátio, o anúncio terá cabido a uma das cozinheiras: É horroroso. O quadro ou o louco? Os dois, mas o quadro é pior. Deem-lhe de comer e digam que deixe a peça na cozinha. E terá ido ao *studiolo* pegar a segunda parcela do pagamento em sua escrivaninha. A saída está registrada de próprio punho em seus livros: "*Ago 14 / 60 scudi / Pitt Merixi*". Talvez já naquele momento tenha começado a acariciar a possibilidade de pendurar o quadro ali, onde ninguém além dele poderia vê-lo.

Por muitos anos se pensou que essa excentricidade — mandar pintar um quadro para ser seu único espectador — se devesse à violência brutal que a tela exala: a heroína puxando os cabelos do tirano com uma mão enquanto com a outra lhe corta o pescoço como se fosse um porco, a cabeça já torta porque está prestes a se desprender, os jatos de sangue, os mamilos duros, a excitação grotesca da criada que balança um pano para receber o despojo quando o último tendão ceder. Essa explicação, entretanto, não esclareceria o motivo do roteiro que o quadro seguiu: em algum momento Giustiniani o ofereceu — com cortinas e tudo — como presente a Ottavio Costa, outro banqueiro genovês, seu sócio nos mais vultosos investimentos pontifícios e parceiro de caçadas.

Não há registro da cessão do quadro, mas ele acabou acompanhando outro, também originalmente comprado por Giustiniani, também de Caravaggio e também modelado pela mesma mulher, na coleção que Costa deixou ao morrer.

Numa noite de 1601, a famosa prostituta Fillide Melandroni, que serviu de modelo tanto para Judite como para Madalena no quadro *Marta e Madalena*, foi presa num dos acessos do Palazzo Giustiniani; estava acompanhada de seu cafetão, Ranuccio Tomassoni.

É muito provável que a rameira fosse amante de Giustiniani e que, a partir do escândalo que significou sua prisão às portas da casa do banqueiro — por causa de uma denúncia, certamente; a vingança de algum usurário menor que se sentiu prejudicado por suas grandes operações —, ele tenha sido obrigado a se desfazer dos dois quadros em que ela aparecia.

A perda também deve ter sido dura para Caravaggio: não voltaria a pintar Fillide Melandroni depois dessa detenção, e ela foi, de longe, seu modelo mais espetacular; mais que uma figura de beleza excepcional que posava para ele, era uma colaboradora dotada de um senso dramático único — ela foi também a santa Catarina de Alexandria da pintura monumental que Del Monte conservou e hoje pode ser vista na coleção Thyssen-Bornemisza de Madri.

O cafetão de Fillide, Ranuccio Tomassoni, foi, aliás, o homem que Caravaggio assassinaria na quadra de tênis do Campo Marzio alguns anos depois. Foi um assassinato anunciado ao longo de um lustro durante o qual os dois frequentaram os quartéis da polícia romana, ou para denunciar um ao outro, ou para serem presos por causa dessas denúncias — todas ligadas a arruaças e facadas cada vez mais fundas. Certamente as noites que Fillide passava no estúdio de Merisi não eram dedicadas apenas à glória da arte, e a relação dos dois não devia ser apenas profissional, nos termos dos ofícios de cada um: nem ele se limitava a pintá-la, nem ela se entregava a ele apenas como puta.

Em algum nível, Giustiniani e Caravaggio devem ter sido conscientes de que dividiam a mesma mulher — que pertencia a Tomassoni. Além disso, o banqueiro era aliado político e companheiro de dissidências intelectuais do cardeal Del Monte, que todo mundo sabia que de quando em quando abria seu monumental cu cardinalício para que Caravaggio o comesse com aquela fome elementar que conservava de seus anos de miséria. Nunca as relações entre política, dinheiro, arte e sêmen foram tão estreitas e obscuras. Ou tão descaradamente felizes, tolerantes e fluidas. Giustiniani pegava os javalis lombardos; Caravaggio, seu cardeal veneziano; Fillide, os dois. Todos satisfeitos.

Esses foram também os anos em que Merisi descobriu o claro-escuro que mudaria para sempre a forma como se pode povoar uma tela: aniquilou as imundas paisagens maneiristas — os santos, virgens e homens ilustres posando com olharzinho inteligente, e atrás deles os campos, as cidades, os carneirinhos. Trasladou as cenas sagradas para os interiores a fim de concentrar a atenção do espectador de seus quadros na humanidade dos personagens. Fillide foi o veículo que ele utilizou para fazer a máquina da arte avançar. Não uma santa encarnando uma santa, mas uma mulher despojada de atributos superiores e em ação;

uma fêmea pobre, como devia ser para que o credo contrarreformista tivesse sentido — antes de Caravaggio, as figuras bíblicas eram representadas como retratos de milionários: a riqueza de suas vestes como reflexo de uma bonança espiritual. Um santo abonado e com paisagem é a representação de um mundo tocado por Deus; um santo dentro de um quarto é a representação de uma humanidade às escuras cujo mérito é manter a fé apesar disso; uma humanidade material, cheirando a sangue e saliva; uma humanidade que deixou de ser espectadora e passou a fazer coisas.

Segundo set, terceiro game

Love-45. O poeta jogou a raquete no chão, revelando pela primeira vez seu desespero. O artista se jogou no chão, de braços abertos e com uma paz beatífica no sorriso. Parcial para o lombardo, gritou o matemático, um a um; corrida para disputar a quadra. Osuna se aproximou do poeta. Disse-lhe ao ouvido que deixasse de se comportar como uma criança e se preparasse para chutar e morder se fosse preciso: Se não ficares na defesa, estarás fodido — no ataque não conseguiste nem chegar perto do puto do cadoz.

Jogo de bola

Estendeu-lhe o cartucho feito de folha de palmeira. Que é isso?, perguntou Cortés através da língua de Malitzin. Àquela altura ela já sabia bastante espanhol para fazer o trabalho sozinha. Sementes de abóbora assadas com mel, disse Cuauhtémoc em chontal, que era a língua da intérprete. O conquistador esperou a versão em castelhano, pegou um punhado e foi comendo de uma em uma sem deixar de prestar atenção na partida. Estavam sentados na primeira fileira, com as pernas pendendo do muro em cujo fosso os atletas suavam sangue para evitar que a bola caísse no chão, sem tocá-la com as mãos nem com os pés.

Durante a pausa entre dois serviços, Cortés manifestou uma curiosidade que era genuína, apesar de sua péssima fama. Quais são os jogadores que representam o inframundo e quais os que representam os astros?, pediu a Malitzin que perguntasse. Cuauhtémoc cuspiu as cascas de semente de modo que caíssem bem na beirada do campo. É Apan contra Tepuaca, disse, encolhendo os ombros de leve. Em seguida se levantou e foi apostar alguns grãos de cacau em Tepuaca.

Hernán Cortés e Cuauhtémoc tinham se conhecido no ano infame de 1519, durante o que ainda não deixara de ser uma visita de cortesia que os temíveis embaixadores do rei da Espanha faziam à cidade imperial dos mexicas. O imperador Moctezuma tentara dissuadir os visitantes de se aproximarem da cidade de Tenochtitlán por todos os meios ao seu alcance — sobretudo o suborno —, mas eles haviam resistido a todas as tentações confiantes na promessa de seu capitão de que o ouro imperial passaria às mãos daqueles que o encontrassem depois de subjugar a soberba capital asteca.

Quando o *tlatoani* Moctezuma se viu obrigado a receber os recém-chegados em seu palácio, tratou-os com displicência e medo. Não que os temesse por superstição, como dizem as lendas. Os espanhóis o aterrorizavam porque, ao chegar aos portões da cidade, já encabeçavam uma frente de nações descontentes de todo o império. Nos duzentos anos em que o governo dos astecas se manteve no comando mexica, ninguém jamais reunira um exército como o que Cortés arrebanhou entre os ressentidos de todo o oriente do reino. Até aquele momento, nenhuma das cidades leais a Moctezuma conseguira conter seu avanço, e, embora o instinto de sobrevivência de espanhóis e astecas — os dois grupos minoritários naquela conflagração — exigisse que uns dissessem que não vinham conquistar nada e outros que acreditavam, todos sabiam — sem importar a sanha com que tentassem evitá-lo — que cedo ou tarde o chão em que pisavam se transformaria num lodaçal regado pelo caldo espesso das degolações.

Cortés e Moctezuma se encontraram no final da Calzada de Tacuba, onde hoje fica a igreja de Jesus Nazareno, no cruzamento das ruas República del Salvador e Pino Suárez. O *tlatoani* presenteou o capitão com um colar de contas de jade e recebeu em troca um de pérolas — provavelmente confeccionado por Malitzin. Os dois caminharam até a casa real, cujos alicerces ainda hoje sustentam o Palácio Nacional. A visita, apesar de aziaga, não era francamente catastrófica: Cortés entrara em Tenochtitlán apenas com seus espanhóis, para evitar aos astecas o mal-estar de vê-lo rodeado de seus inimigos jurados. O imperador estava acompanhado dos reis da tríplice aliança, dos caciques de todos os senhorios do lago e seus capitães, entre os quais estava Cuauhtemoctzin, seu primo por parte da mulher.

Entrando no Palácio Real, a corte imperial completa se acomodou num pátio para testemunhar a entrevista entre Moctezuma e Cortés, uma entrevista em que ninguém deve ter entendido nada, não só porque não havia no mundo duas pessoas mais absolutamente estranhas uma à outra, mas porque o que se dizia em nauatle tinha que ser traduzido primeiro para o chontal e depois para o espanhol, e o que se dizia em espanhol tinha que ser traduzido primeiro para o chontal e depois para o nauatle, pois o estremenho não confiava em nenhuma língua que não fosse a de Malitzin, que falava chontal e nauatle, e a do padre Jerónimo de Aguilar, que falava chontal e espanhol.

Trocaram mais presentes e mais mensagens de boa vontade. No fim, o imperador reassumiu sua sacra normalidade ocultando-se da vista de seus convidados e súditos — ninguém voltaria a vê-lo até o dia de sua morte — para concentrar-se na administração de um império já então reduzido à metade do tamanho.

Nos dezoito meses seguintes, esse império já muito enfraquecido definharia até ocupar primeiro apenas o vale do México e depois só o lago de Texcoco. Em seus últimos dias, foi minúsculo: a ilha de Tenochtitlán. Em 13 de agosto de 1521, o império era apenas a *chinampa* em que Cuauhtémoc foi aprisionado. Pelo menos dessa vez a História estava sendo justa: um governo especialmente sangrento estava reduzido a um barco. Embora isso também não significasse que os bons tivessem vencido. Os bons nunca vencem.

Poucos meses depois de seu encontro com o capitão espanhol, Moctezuma mandou dizer a Cuauhtemoctzin que, agora que os espanhóis já estavam refeitos do impacto de ter visto a que na época era a maior e mais frenética cidade do mundo, levasse Cortés para dar um passeio e lhe mostrasse alguma coisa, o que quer que fosse. Aproxima-te dele, murmurou um eunuco cego ao primo do imperador. Escuta-o, faz com que sinta que te interessas por ele. Mas por que eu?, perguntou Cuauhtémoc. Porque falas chontal, disse o mensageiro. O jovem fora até então um capitão invencível e um inteligente aliado do trono. Era discreto, solitário, confiável. Notavelmente disciplinado num mundo de disciplinas atrozes. Diz a Moctezuma que o levarei para assistir a um jogo de bola, respondeu.

Esperou mais alguns dias para procurar Malitzin, a língua chontal de Cortés; esperou o fim da primeira colheita de cana-de-açúcar, celebrada com jogos que eram aguardados o ano inteiro e definitivamente mereciam ser vistos por um estrangeiro.

Além-túmulo

O historiador e crítico cultural alemão Heiner Gillmeister reivindica o achado da mais antiga referência ao tênis tal como hoje o conhecemos. Um precursor do jogo da pela anterior a todos os seus congêneres: ao *calcio* italiano, ao críquete inglês, àquele que em francês era chamado *jeu de main* e em espanhol, *juego de pelota*.

A primeira partida de tênis registrada por escrito na história da humanidade aconteceu no inferno, em duplas. Foi disputada por quatro demônios com a alma de um seminarista francês chamado Pierre. Anos mais tarde, Pierre se tornaria abade do mosteiro de Marinenstatt com o nome de Petrus I e chegaria a ser famoso. Sua história ficou registrada graças a Cesário de Heisterbach, que a escreveu num volume chamado *Dialogus Miraculorum*.

Na narrativa, Pierre, o Idiota, que é como o primeiro tenista de todos os tempos parece ter sido conhecido em sua juventude, cometeu um tropeço fáustico. Ele tinha péssima memória e era absolutamente incapaz de se concentrar no que quer que fosse, por isso, para passar nas provas do seminário, aceitou um presente de Satanás: uma pedra que concentrava todo o conhecimento de todos os homens. Para tê-lo, bastava apertar essa pedra na mão.

O irmão Pedro fez o que talvez todos teríamos feito no lugar dele e tirou a nota máxima em suas provas sem necessidade de estudar. Até que um belo dia caiu como morto, num estado que hoje identificaríamos com o coma, e no seu tempo era simplesmente a morte. Como ele contaria mais tarde, um quarteto de demônios tirou a alma de seu corpo e se achou no direito de usá-la como pela, porque o Idiota, sem saber, tinha aceitado esse trato ao pegar a pedra.

Os quatro demônios, como quatro amiguetes comuns, voltaram para o inferno com o objeto que tomaram emprestado do mundo dos vivos e jogaram uma partida de tênis com a bola metafísica de Pierre, que conservou a consciência e sentia na carne os saques e devoluções satânicas. Segundo seu testemunho, a partida foi especialmente torturante porque, como se sabe, os demônios têm unhas de aço que nunca aparam.

É um daqueles pequenos mimos com que a História às vezes nos gratifica o fato de que a primeira narração escrita de uma partida de tênis descreva um lance escatológico e o personagem que deu testemunho dela se chame Petrus I, como se fosse o papa de outra Igreja, esta de condenados e assassinos, a Igreja das bolas e das raquetes.

Na segunda parte de *Dom Quixote*, Altisidora tem uma visão: "Vi uns diabos que estavam jogando pela com umas palas de fogo, servindo-lhes de bola, ao que parece, livros cheios de vento e borra; de sorte que ao primeiro voleio não restava pela inteira nem de proveito para servir outra vez, e assim amiudavam livros novos e velhos que era uma maravilha".

No inferno, as almas e os livros são bolas. Os demônios jogam com elas.

Sobre a falta de senso de humor de quase todos os papas

Na coleção de gravuras do Metropolitan Museum de Nova York, há uma litografia realizada por um artista flamengo anônimo por volta do ano 1550. Na frente se lê *"Palazzo Colonna"*; no verso, *"La Loggia dei Colonnesi con la Torre Mesa edificate tra le rovine del Tempio di Serapide"*. Os Colonna foram, desde a Idade Média, uma das famílias mais poderosas de Milão, e o museu que ainda é conhecido por esse nome na capital italiana dá uma ideia clara do poder e da riqueza que eles acumularam. Mas Roma nem sempre foi Roma. Ou melhor: a Roma de Pio IV não era a cidade grandiloquente que o cardeal Montalto reedificaria quando chegasse a papa. A Roma do século XVI, provinciana e dispersa, é mais bem descrita por Montaigne, que a viu tão tímida e desdentada que sua decepção se tornou um lugar-comum do desamparo barroco. A cidade estava coalhada de ruínas passadas e presentes por onde os animais perambulavam com mais liberdade que as pessoas. Quevedo dizia:

*Buscas em Roma a Roma, ó, peregrino!,
e em Roma mesma Roma não encontras.*

O Palazzo Colonna do ano de 1565, quando Borromeo, Montalto e Pio IV poderiam ter bebido juntos uma taça de vinho enquanto o fogo caía sobre o umbigo do catolicismo, não era o palácio rebitado de suspiros que mais tarde se construiu. A *loggia* ainda era uma casa de tijolo aparente erguida sobre os restos do Templo de Serápis, do qual restava em pé a barra da fachada. Tinha dois andares, cinco janelas, duas portas e um terraço coberto. Atrás dele, as ruínas: a *loggia* estava montada, literalmente, sobre o antigo templo, e em torno dela só havia mato, uma ou outra palmeira, um grupo de árvores bem silvestres crescendo da terra, e também dos muros.

Seria naquele terraço de tijolos, fresco e humilde, que os cardeais estariam como quem está num camarote.

Assistindo à grande fogueira do mundo inteiro, Pio não cantaria sobre o saqueio de Ílion como Nero havia feito. Estaria em silêncio e de olhos fechados, acompanharia uma música — a última música do mundo anterior à conflagração universal de baixa intensidade que hoje chamamos "O Barroco", como se fosse alguma coisa — balançando levemente o corpo, a mão com as amêndoas acompanhando o ritmo de uma orquestra.

Numa pausa dos músicos, ele abriria os olhos e diria ao cardeal Montalto: Tenho um presente para ti. Poderia ter dito outras coisas, por exemplo, o que Leónidas Lamborghini disse a propósito do período que se abria à frente deles: "Compramos o Suplício no lugar da Piedade. O Temor no lugar do Perdão. O Ódio no lugar do Amor. A Morte no lugar da Vida". Ou poderia ter dito o que confessara a seu amigo Tolomeo Gallio alguns anos antes, numa carta em que lhe falou de sua angústia por causa da perseguição que Michelangelo vinha sofrendo por parte da cúria, em face da qual se via de mãos atadas: "Adoro seu *Juízo final*, mas já é pecado mortal que eu goste dele e tenho pavor de reconhecê-lo. E eu sou o papa!".

Pio IV havia regado o vasinho em que planejava que florescesse Borromeo, mas em vez de brotar uma planta surgiu um javali.

Temos que ver a cena como num filme. O papa corta mais uma fatia de salsichão e fecha os olhos. Abre-os e come o pedaço de embutido.

PIO IV (*ainda mastigando*) Tenho um presente para ti, Montalto. É um presente modesto.

Agita uma das mãos no ar, as mangas da batina cardinalícia como uma bandeira. Seu ajudante de câmara se aproxima com uma caixinha de madrepérola engastada em ouro.

MONTALTO (*sorrindo*) Não sou homem de joias.

PIO IV Tenho sessenta e seis anos. Contrariando todas as previsões, cheguei a papa; conheci Michelangelo e Rafael; fui amigo de Carlos V e de Francisco I; inventei Carlo Borromeo, aqui presente. (*aponta para o bispo com um movimento de cabeça e de sobrancelhas entre irônico e grato*) Crês, então, que neste último banquete em que nos encontramos eu te daria um porta-joias?

O criado leva o presente até o cardeal, que o abre.

MONTALTO (*extraindo algo do cofre*) Uma bola de tênis. (*olha para ela e a levanta, para que Borromeo possa vê-la*) Um pouco disforme.

PIO IV Porque foi feita com o cabelo de Ana Bolena.

MONTALTO De quem?

PIO IV Uma das mulheres de Henrique VIII da Inglaterra. Escândalos que não são do teu tempo.

MONTALTO Entendo.

PIO IV Trata de usá-la.

MONTALTO Não sei jogar *pallacorda*.
PIO IV Pois então aprende: quando o rei Carlos e eu morrermos, já não haverá quem possa segurar a França. Se te sobressaíres, serás excomungado, ou esfolado e esquartejado, dependendo de quem seja o inquisidor de turno. (*o papa olha para Borromeo*) Ou estou enganado, Carlo?
BORROMEO Sua Santidade nunca se engana em política.
O cardeal Montalto ignora o milanês e fita o papa nos olhos.
MONTALTO Isso é uma ordem?
PIO IV É um conselho.

Segue-se um silêncio que os dois ocupam em voltar-se para observar Borromeo. Embora o bispo de Milão fosse quase vinte anos mais novo que Montalto, as disciplinas de uma vida genuinamente entregue à imitação das piores horas de Cristo o marcaram não apenas com os estigmas da fome e da vigília, mas com pequenos gestos nervosos que o faziam parecer um homem mal editado. Erguia uma bochecha, entortava o pescoço, apertava as mãos que sempre mantinha entrelaçadas no regaço, como para que não fugissem em busca de alguma coisa que poderia se revelar gostosa.

Borromeo olha para o papa e para o inquisidor-geral afetadamente, de lado, a pálpebra esquerda fechando-se a cada três por quatro.
BORROMEO (*para Montalto*) Deixa-me ver, joga-me a bola. (*olha para o papa*) É um bom conselho.
PIO IV Defenderás Montalto dos lobos?
BORROMEO Eu o defenderei se ele se defender. (*cheira a bola*) Se ele aprender a esperar jogando tênis em seu palácio.*

---

* O cardeal Montalto passou dezenove anos e dois papados sem fazer vida

Montalto devolve a bola a sua caixa, e o papa faz outro sinal com a mão.
PIO IV Também tenho um presente para ti, Carlo.
Um criado se aproxima trazendo um barrete colorido.
BORROMEO Uma mitra?
PIO IV É mexicana. (*o milanês franze as sobrancelhas*) Foi enviada por um bispo de lá; não é pintada, é feita de penas; olha bem para ela, é uma pequena obra-prima.
O criado estende a peça ao cardeal e este a segura, com desdém.
BORROMEO (*irônico*) Mas que rica filigrana, Santidade.
Apoia a peça sobre o regaço.
PIO IV É para que recordes que a França não é o mundo inteiro, que há muitas terras e muitas almas. (*o milanês fica olhando para o papa; exibe paciência*) Olha para ela! Se a puseres na posição certa em relação à luz, verás como se acende. (*Borromeo inclina a cabeça, volta a observar o objeto*) Move-a mais perto das velas. (*o cardeal a movimenta, mas nada acontece*). Levanta-a um pouco. (*quando a mitra está justo acima de sua cabeça, suas cores feitas de penas se acendem como que atravessadas por um relâmpago. Borromeo larga o barrete, que cai em seu regaço. O papa ri*) Não te disse?
BORROMEO México, o diabo.

---

pública, ocupado em gastar a fortuna que havia acumulado espoliando os inimigos da Contrarreforma. De forma residual, apenas como que impelido pelas paixões que a arquitetura despertava nele, Montalto também dedicou esses dezenove anos a planejar como seria a aparência da cidade se ela realmente fosse o centro do mundo — plano que executou com violência e perfeição depois de eleito papa, sob o nome de Sisto V. Inventou o urbanismo, embora não se chamasse Urbano. Obviamente, nunca jogou pela. Prova de que a Igreja católica é uma instituição sem senso de humor é o fato de que nenhum papa voltou a se chamar Sisto depois dele, que não foi o sexto, e sim o quinto. (N. A.)

PIO IV É uma arte de índios cristãos.
BORROMEO Que faço com ela?
PIO IV Oficia os ritos pascais.
BORROMEO Por quê?
PIO IV Porque depois da escuridão vem sempre a luz.
BORROMEO Isso eu sei.
PIO IV Pois não parece.

O papa corta mais uma fatia de salsichão e fecha os olhos enquanto a mastiga, pensando que até quando Nero incendiou Roma o combustível uma hora acabou, e os dois terços da cidade que se reduziram a terra baldia foram magnificamente reconstruídos. Quase podia sentir o cheiro do manto de cinzas que Trento deixaria a seus pés. Pôde ver como, por fim, quando tudo passasse, brotaria do campo de cinzas uma árvore nova, embrionária e ambarina; uma árvore de nervos e músculo, um primeiro braço abrindo caminho entre a terra, uma árvore que, dissipada a fumaça do incêndio, abrisse os dedos ao sol como uma borboleta de carne. Os dedos da borboleta teriam unhas negras.

Luz aos vivos e escarmento nos mortos

Relação Número 169.

Outra vez me apareceu um defunto, chamando-me pelo nome, dizendo que não me vinha espantar, mas pedir-me que o encomendasse a Deus, pois era Don N., que estava em penas de Purgatório. Trazia na mão uma bola de fogo e a língua à mostra e seca. Perguntei-lhe: Por que penas? Respondeu-me: Pelo vício que tive de jogar pela e de beber frio. Adorou a cruz e desapareceu dizendo: Jesus fique contigo.

JUAN DE PALAFOX Y MENDOZA, 1661

Medo

No dia do encontro de Cortés com Cuauhtémoc, os espanhóis já estavam mais que familiarizados com Tenochtitlán, já haviam sido suficientemente vistos por meia cidade, dando passeios que expunham sua fragilidade. As pessoas se perguntavam, com insistência cada vez mais vociferante, por que Moctezuma não os cercava e os matava de uma vez. Seria interessante que a História tivesse seguido por aí. Cortés e sua companhia seriam para o mundo contemporâneo como aqueles mártires menores que cometeram o equívoco de ir rezar missa no Japão.

Haveria um Santo Hernán de Medellín e um São Bernal de Medina del Campo. Velázquez teria pintado uma peça de altar que mostraria suas cabeças ao pé do templo de Tezcatlipoca, e Caravaggio, outra que se chamaria *Martírio de são Jerónimo de Aguilar*: uma tela que retrataria seu terror no transe de ter a língua cortada. A seu lado, tapando a boca, uma das vadias de Merisi figuraria como uma vaga Malitzin de olhos verdes. Seria um claro-escuro pintado numa Roma provinciana, remota e tirante a miserável, como a Europa sempre tinha sido e continuaria a ser, não fosse o fluxo da minerália americana.

Malitzin contara a Cortés que havia sido procurada por Cuauhtémoc. Acabavam de fazer aquilo que muitos escritores piegas qualificam de amor, mas que duas pessoas como a Malinche e o capitão não eram de todo aptos a executar e mais parecia uma briga entre duas crianças cegas.

O conquistador resfolegava de bruços na esteira de algodão, enquanto a princesa maia convertida em tradutora bulia nos pelos pubianos no intuito de provocar, já azeitada de sêmen, o gozo que seu homem não lhe entregara. Vi Cuauhtemoctzin hoje no mercado, disse, apalpando o clitóris que mudou o mundo. A essa altura, *doña* Marina era a única pessoa próxima de Cortés que podia sair à cidade sem uma escolta armada até os dentes. Era também, pelo menos na experiência nada desprezível de Cortés, a única mulher capaz de fazer política e se masturbar ao mesmo tempo.

O capitão se acomodou ao lado dela e lhe cheirou um sovaco. Pegou na mão com que ela estava se tocando sem interromper o movimento. E esse, quem é?, perguntou. O capitão preferido de Moctezuma. E por que todo esse alvoroço ao saber que esse capitão quer falar comigo? Sem deixar de se tocar, ela respondeu: Porque me excitam os homens que fazem com outros homens. Fechou os olhos. Cortés deixou que continuasse. Antes de se encarniçar a sério em seu próprio prazer, ela acrescentou: Ele me disse que te queria levar ao jogo de bola amanhã. E depois disso se conectou, para poder gozar, com o mundo onde os homens não são uns animais.

Cortés esperou que ela terminasse, cofiando a barba. Quando sentiu que estava de volta, perguntou: Crês que seja para me matar? Ela ainda tinha a respiração entrecortada quando respondeu que não, que era um sujeito decente. Embora tivesse parado de apertar o sexo, ainda o protegia com a mão: não tinha acabado, estava apenas descansando. O imperador não entende por que não partimos e pensa que, se alguém vier ter contigo, talvez lhe expliques o motivo. Cortés ergueu a mão dela com o que pensava ser delicadeza e soprou sobre seu sexo. Ela se estremeceu. Devemos acreditar nele? Em Cuauhtemoctzin, sim: ele não tem defeitos, é um herói, um fanático, todo mundo, incluído ele mesmo, sabe que cedo ou tarde vai chegar a imperador. Cortés fez um gesto de contrariedade, revelando que a confiança da Malinche não o convencia. Devolveu a mão da mulher a seu sexo. Ela coçou os pelos. Disse: A verdade é que eu lhe pedi que te matasse; se Moctezuma não se decidir, cedo ou tarde seu povo se rebelará e *chingará* todo mundo, não só a ti, que és o único que pensa ser uma boa ideia continuarmos aqui sem fazer nada. Estamos reconhecendo a praça, começou a explicar Cortés no tom um tanto burocrático com que muitas vezes dissera a seus homens por que os expunha a um risco que todos achavam desnecessário, mas se deu conta de que Malitzin já estava gozando de novo. Com o pescoço retesado, a tradutora pensava em Cuauhtémoc — tão esbelto e sem pelos — sodomizando o conquistador. Ele cheirou seu pescoço, deixou que gozasse e quando acabou se acomodou em cima dela, montou-a. Ela pediu que lhe mordesse os peitos. Ele os adorava, tão escuros e pontudos. Ela gozou de novo, ele não. Tombado sobre a Malinche, perguntou: Eu deveria ir? Não podes não ir, ele é Cuauhtemoctzin; é quem dá as ordens; disse que passaria logo cedo, porque vai haver muita gente. Devo avisar a tropa. Quer que sejamos nós dois e mais ninguém. Ele nos trairá. É um homem de palavra. Eu também, disse Cortés, e, erguendo o corpo sobre os braços e as pontas dos pés, deixou-lhe um espaço no qual ela entendeu que devia se virar para entregar-lhe o cu. Vocês não sabem o que é palavra, disse ela, apertando-lhe o sexo entre os hemisférios das nádegas. Quando ele sentiu que havia recuperado toda a sua ereção, levantou-a pelas coxas e a enrabou sem nenhum comedimento. Ela gemeu. Um diálogo de capitão com capitão, disse ele enquanto socava. Ela virou o rosto para que Cortés visse seus olhos quando lhe disse: Tu não és um capitão como ele. O estremenho meteu mais fundo, puxou-lhe violentamente o cabelo para murmurar ao seu ouvido: Sou melhor. Ai, bonitão, disse ela entre suspiros, ele não é um camponês com sorte. Cortés murchou por inteiro e se largou de costas no leito. Reconheceu a derrota e deu meia-volta. Puxou dos pés da esteira a manta de algodão e se cobriu com ela, encolhido. Não sejas medroso, disse ela; é uma máquina de matar, mas em combate; aqui se comportará como um príncipe. O espanhol não disse nada, tratava de escutá-la com todos os sentidos alertas para descobrir o menor sinal de traição em sua voz. Gostarás do jogo, é muito divertido e lá vão todos os senhores da cidade com suas esposas. Só então Cortés percebeu que Malitzin, que tinha sido primeiro princesa, depois escrava e agora era alguma coisa entre as duas, queria ser vista em público falando informalmente com o favorito de Moctezuma. Está bem, presunçosa, disse-lhe, vou ao jogo com Guatémuz, mas só te levo se me fizeres o que te ensinei.

Na manhã seguinte, quando a princesa abriu os olhos, seu marido já não estava na esteira. Tinha ido acordar um grupo de seus homens para que o seguissem a uma distância prudente. Eu acho que nossa próxima saída já deveria ser em pelotão, a cavalo e no rumo da Calzada de Tacuba para fugirmos daqui, disse-lhe um de seus soldados, que, como também se chamava Hernando, todos chamavam pelo nome de sua aldeia: Persona. Duvido que consigamos sair a pé sem que nos matem. Hernando de Persona o encarava com olhos nervosos quando disse isso. Ninguém se meterá convosco se virem que vou com Guatémuz, respondeu Cortés; é o favorito de Moctezuma. E como sabes disso? Todo mundo sabe. Os homens se entreolharam, sem lhe dar muito crédito.

Quando o futuro imperador chegou para procurá-los, a Malinche já tinha contado ao marido que Cuauhtémoc havia comandado sua primeira batalha quando tinha dezesseis anos e que até agora não perdera nenhuma, que durante os cinco de colégio militar não havia falado com ninguém, nem uma única vez, que não comia nem veado, nem peixes, nem aves, mas nos dias de festa comia a carne dos sacrificados, crua. A enumeração de suas virtudes a ruborizava. Uma maldita joia, respondeu-lhe Cortés enquanto revirava sua bolsa de viagem à procura de uma roupa que não tivesse buracos, ou que os tivesse onde pudessem ser disfarçados com o peitoral e os braçais da armadura. Mesmo assim, quando Cuauhtémoc chegou, Cortés simpatizou com ele: era quase um garoto. Não estava emperiquitado como os sacerdotes alucinantes que cruzavam os pátios a caminho dos templos nem fantasiado de animal como o resto dos guerreiros de seu nível. Apareceu de camisa e calção brancos, uma capa discreta. Nada de enfeites no cabelo, que estava preso num coque no alto da cabeça. Não carregava punhal. Cortés sentiu mais sufocante que nunca o abraço da armadura, o peso do espadão grotesco dos espanhóis na cinta, mas continuava pensando que andar coberto de ferro impressionava os mexicanos. Estes achavam que só um completo idiota para andar sob os raios letais do sol do altiplano com aquele trambolho sobre o corpo.

    Caminharam direto para o embarcadouro, no rumo contrário dos muros em forma de serpente da cidade sagrada. A quadra fica para aquele lado, disse Cortés nervosamente. Cuauhtémoc explicou-lhe, através de Malitzin, que estavam indo para uma quadra bem menor, em Tlatelolco. Um pouco para lhe puxar pela língua e sondar se estava dizendo a verdade, o estremenho confessou que a quadra de Tenochtitlán lhe parecera mesmo grande demais, quando a visitaram em seus primeiros dias, e que achou os muros muito afastados e o aro muito alto. Lá não se joga, explicou o asteca, mas se representa o primeiro jogo; ninguém conseguiria levantar a bola tão alto com os quadris. É como um teatro, completou Malitzin. O próprio Cuauhtémoc puxou a corda da *chinampa* real para aproximá-la dos pés da mulher.

Vocação de são Mateus

Em 17 de setembro de 1599, Caravaggio terminou *Martírio de são Mateus*. Levou o quadro — um puro vórtice de violência sem sentido nem arrependimento — até a sacristia de São Luís dos Franceses e marcou a data de entrega da segunda das três pinturas que adornariam a capela do patrono dos contadores e dos coletores de impostos: dia 28 do mesmo mês. Como a entrega do segundo quadro implicava a possibilidade de, afinal, inaugurar a capela — consagrá-la com a presença do papa no primeiro ofício, para que afirmasse sua equidade no eterno conflito entre Espanha e França —, ele assinou com sangue um adendo ao contrato, assegurando que desta vez, sim, entregaria a obra a tempo. Em troca da entrega de *Vocação de são Mateus*, Caravaggio receberia a segunda parcela de setenta e cinco escudos dos duzentos e vinte e cinco — uma fortuna — que ganharia por toda a decoração da capela quando entregasse o terceiro quadro, contando com um prazo maior.

Segundo a lenda, Caravaggio não dormiu durante os onze dias que levou para executar o quadro, que evidentemente ele nem tinha começado a pintar quando assinou o adendo. Também não dormiram seus modelos reconhecidos, que foram: Silvano Vicenti, amolador de facas; Prospero Orsi, soldado; Onorio Bagnasco, mendigo; Amerigo Sarzana, enxuga-cus; Ignazio Baldementi, tatuador. Embora Caravaggio tenha tido o bom gosto de usar um desconhecido como modelo de Jesus de Nazaré, mesmo assim provocou um grande escândalo, porque outros atores do drama sagrado eram pequenos delinquentes e vagabundos que perambulavam todos os dias pelas quadras de *pallacorda* da Piazza Navona. Não houve maiores consequências, exceto alguns rumores sobre a ira dos confrades da França. Os quadros eram simplesmente magníficos, o papa já estava convocado para a consagração da capela e o artista ainda era protegido pelo poder inquebrantável do cardeal Del Monte e de Giustiniani.

O terceiro quadro, que ele entregou muito depois e se chamava *São Mateus e o anjo*, já pareceu intolerável à Confraria: nele o santo foi representado como um mendigo perplexo; um serafim conduz a mão com que ele escreve o Evangelho. Foi devolvido. Essa foi a primeira de muitas recusas que Caravaggio receberia por pintar o que lhe dava na veneta, e não o que dele esperavam seus patrões e os círculos iluminados da cidade. Foi obrigado a refazê-lo, e só não teve mais problemas porque Giustiniani comprou a pintura desprezada pela Confraria.

O *São Mateus e o anjo*, que a cúria francesa considerou inaceitável e acabou ficando com o banqueiro, foi o melhor quadro de um tríptico de obras-primas e a joia real de sua coleção. Hoje só pode ser visto em fotos, em preto e branco: estava no Kaiser Friedrich Museum de Berlim quando a cidade foi bombardeada pelos Aliados, em 1945.

Vocação de são Mateus mede trezentos e vinte e dois por trezentos e quarenta centímetros. É uma pintura quase quadrada que, assim como *Martírio* e *São Mateus e o anjo*, na verdade deveria ser um afresco, mas como Caravaggio era um artista de método e seu método exigia um quarto escuro, fontes de luz controladas e uns modelos que, mais do que posar, representavam, ele fez as coisas à sua maneira.

Teria sido impossível para o artista atravessar a praça carregando sozinho o quadro que era, na verdade, toda uma parede, mas como a entrega assinalava o início das pompas para a consagração da capela, deve ter sido aparatosa e cerimonial, daquele modo irritante que Caravaggio entendia a cortesia — se é que se podem chamar de cortesia suas maneiras mal contidas de assassino.

Devemos imaginar Caravaggio deixando seu estúdio de madrugada, depois de onze noites sem dormir e trancado com sete homens um tanto selvagens. As olheiras, o mau cheiro, as mandíbulas cerradas de quem está prestes a perder o juízo por exaustão, a impaciência com que deve ter batido à porta da sacristia para perguntar a que horas podia entregar o quadro.

Vocação de são Mateus contém todos os elementos que seriam distintivos do artista e era, disparada, a obra de arte mais revolucionária já vista num templo romano desde a inauguração da Capela Sistina. Como Caravaggio sabia disso, citou o afresco de Michelangelo com eloquência: a mão com que Jesus de Nazaré aponta para o coletor de impostos é exatamente a mesma com que Deus toca o Filho do Homem no teto da basílica papal.

Assim como em quase todos os quadros sacros que Caravaggio pintaria depois de *Vocação*, neste a maior parte da superfície da cena está vazia. Um quarto escuro, de paredes negras — que deviam ser as de seu estúdio — interrompidas apenas por uma janela de vidros velados. A única fonte de luz não aparece no campo do quadro: é uma claraboia entreaberta acima da cabeça dos atores. Pedro e o Messias, quase totalmente mergulhados nas sombras, apontam para o coletor de impostos, que os olha surpreso na companhia de quatro figurantes vestidos luxuosamente e ocupados em contar moedas com uma atenção pecaminosa. Os trajes de Jesus e seu pescador são tradicionais: mantos bíblicos. Os coletores de impostos, em compensação, estão sentados e vestidos como deviam se vestir e sentar os usurários de Giustiniani nos baixos de seu palácio, onde eram recebidos os clientes que recorriam às casas de câmbio.

    Caravaggio, que estava longe de ser modesto, certamente anunciou, ainda tomado pelo demônio feliz dos que desvendaram um enigma, que o quadro que entregaria logo mais era sua melhor criação até a data, melhor que *Santa Catarina de Alexandria*, deve ter insistido a um sacristão de calções e com o cabelo desgrenhado. Devem ter combinado que ele voltaria com o quadro ao meio-dia, quando a cúria francesa completa — e não apenas o ancião já meio idiota que oficiava a primeira missa — estivesse presente e em todas as suas galas.

    Talvez tenha cabido aos dois atores mais jovens do quadro — o tatuador Baldementi e o enxuga-cus Sarzana — carregar a *Vocação de são Mateus* desde o estúdio, cruzando o pátio e, em vez de usar a porta da cozinha ou de serviço, como sempre, saindo com a tela pelo portão principal, conforme as instruções tirânicas de um Caravaggio febril. Do lado de fora certamente os esperavam outros atores da pintura, ainda caracterizados como seus personagens. O enxuga-cus e o tatuador devem ter atravessado a praça, já abarrotada de fiéis e comerciantes, ovacionados por aqueles que se empolgassem, supondo que aquilo fosse realmente importante — e era mesmo, só que ninguém podia saber, porque o futuro não pode ser lembrado. À frente deles iria o artista, abrindo alas todo orgulhoso. O soldado Prospero Orsi era um homem de personalidade expansiva, com um fraco pela fatuidade e pela glória ganha à base de trapaças. Decerto em algum momento da travessia da praça ele mandou seus colegas atores pararem e pediu que voltassem a representar a cena diante do próprio quadro.

As pessoas que estavam às portas da igreja — o sacristão, os acólitos, os padres — devem ter visto a pintura passar com o susto dos que viram pela primeira vez um filme projetado numa parede, ou a mesmerização embasbacada com que meu filho mais velho e eu vimos pela primeira vez uma TV de alta definição numa loja de eletrônicos. O quadro deve ter sido apoiado sobre o altar, enquanto os pedreiros preparavam a parede atrás dele, onde seria instalado. Para os padres, deve ter sido muito inquietante — antes que começasse a incomodá-los — o fato de que aquele garoto que tantas vezes tinham visto limpar a merda do narizinho nos banheiros da casa paroquial da França estivesse ali, dentro da paróquia, repetido em trajes de banqueiro mirim. Mas isso é só uma suposição: os especialistas em cultura material do *Cinquecento* discutiram sem nunca chegar a um acordo sobre o que fazia exatamente um *asciugaculi*. Pague logo a esse senhor para essa gente sair daqui, deve ter dito nervosamente o cardeal de Sancy para o sacristão.

Corridinhas

O duque pôs a bola sobre a marca que o professor havia feito com giz no piso da quadra depois do primeiro repique da bola no campo de defesa, no game inicial. O matemático confirmou que era o lugar certo e os dois passaram a desmontar cerimoniosamente a corda que dividia a quadra ao meio. Fizeram com ela um bolinho e o entregaram a Madalena, que o pedia na galeria. Então se posicionaram no ponto onde estava a bola, fora dos limites da quadra, cada um de um lado. O matemático permaneceu de pé, aparentando distração, com as mãos entrelaçadas nas costas. Estava tão tranquilo que por pouco não se pôs a assobiar uma canção paduana. O duque se agachou ao lado dele, olhando a bola com seriedade e apalpando a barba com a mão esquerda. Trocou olhares com Barral, que pôs uma quantidade de moedas francamente irresponsável na linha de apostas. Outros apostadores se acomodaram na galeria depois de pôr seu dinheiro do lado do jogador que pensavam que ganharia o saque. As opiniões estavam divididas pela primeira vez na partida. Os dois ministros se voltaram para os jogadores, que lado a lado atrás da linha de fundo já se ombreavam, tentando desequilibrar-se antes mesmo de iniciada a corrida. O duque cedeu a palavra ao professor. *Eccola!*, gritou, e quase imediatamente: *Gioco!*

A largada foi quase um desastre para o artista: seu rival usou a perna mais curta para travá-lo pelo tornozelo logo na primeira passada. O truque funcionou, mas o italiano conseguiu agarrá-lo pela camisa e o levou consigo ao chão. Os dois se atracaram. As regras proibiam bater com as mãos, mas trocaram tantos joelhaços quantos puderam no empenho de se livrar um do outro.

O artista rolou pelo chão tentando ganhar algum espaço para se levantar, mas o poeta reagiu como uma mola e do lugar onde estava se arremessou feito um morcego sobre o lombo do lombardo, e conseguiu contê-lo apertando-lhe as nádegas entre as coxas. Aproveitou a situação de domínio para se erguer, fincando um joelho nas costas do adversário, na altura dos rins. Tomou impulso apoiando a mão diretamente em sua cabeça. Madalena tapou os olhos ao ver como a testa de seu amante batia nas lajes do piso. Não fosse a gritaria, teria ouvido seu crânio ranger.

Em pé sozinho, o poeta correu até a bola e chegou a apanhá-la. Só que não teve tempo de enfiá-la no cadoz. O artista, com uma das bochechas cortada e sangrando, se lançou com tudo contra a base de sua espinha, e os dois voltaram a tombar no chão. O espanhol não soltou a pela, mas quando tentou se reerguer sentiu as garras do artista no tornozelo, puxando-o. Caiu de novo por terra. Sentiu em cima o corpo do pintor, que, escarranchado sobre seu peito, tentava tomar-lhe a bola.

Seguiram-se mordidas, cotoveladas, apertões, enquanto os homens rolavam pelas lajes como dois garotos. A certa altura, o poeta ficou de joelhos diante do artista, a pela ainda bem firme na mão. O lombardo avançou a pelve para sufocá-lo, e o espanhol aproveitou esse instante de liberdade para arremessar a bola com toda a força no cadoz. Acertou. O duque gritou: Defesa.

Os espectadores voltaram para a galeria. O matemático recolheu pachorrentamente as moedas que os italianos tinham deixado em sua linha. Contou-as e atravessou o campo de batalha para entregá-las nas mãos de Barral, que as repartiu entre os que haviam apostado no espanhol. Teve de saltar os corpos estirados dos jogadores para chegar à galeria.

Os dois tenistas permaneceram deitados lado a lado, avaliando os danos sem reunir forças para se levantar. Estavam de barriga para cima. Mais escandaloso que a quantidade de roxos e arranhões no corpo deles era o fato de ambas as braguilhas projetarem ereções tão generosas que pareciam elevá-los. Que delícia, disse Madalena, imaginando um saboroso trio com beliscões, esfoladuras e crostas.

Bola

A quadra do jogo de bola, pintada com cal sobre a grama, era dividida em duas partes, e cada uma em quatro. Cada jogador se posicionava num quadrante e não podia sair dele. Os pontos eram ganhos passando a bola de borracha através de um grande aro de madeira preso no muro. Se a bola batesse no chão, a equipe contrária à do erro ganhava o saque e podia tentar acertar o aro no primeiro arremesso. Os jogadores se revezavam e trocavam de quadra cada vez que uma das equipes perdia o saque treze vezes.

A partida foi emocionante. Ganhou Apan. Cortés colheu ganhos até vertiginosos dos outros apostadores. Os espanhóis que o seguiram, convencidos de sua discrição enquanto derretiam dentro de suas armaduras refulgentes e ruidosas, tinham assistido à partida do outro lado do fosso, sem que ninguém prestasse a menor atenção neles: se seu chefe estava com o capitão Cuauhtémoc, podiam fazer o que bem entendessem. Achavam que finalmente tinham sido aceitos, chegaram até a comentar entre eles que deviam ir mais seguido ao estádio.

Caminhando de volta ao embarcadouro, Cortés se sentiu seguro para perguntar ao príncipe por que não aproveitava a oportunidade para matá-lo. Meus homens estão longe, disse, e são tão poucos que as pessoas poderiam dominá-los sem dificuldade. Quem me pediu isso foi o imperador, respondeu ao ouvido de Malitzin. Que não me matasse? Que falasse com ele, que fosse fazendo amizade para ver se uma hora me explicava por que ainda não tinham ido embora. Malitzin disse ao índio: Eu já lhe expliquei, mas ele não acredita, e traduziu para o estremenho. Então ela perguntou ao futuro imperador, por iniciativa própria: Tu o terias matado? Tão rápido que ele mesmo teria recolhido sua cabeça. Não trazes punhal. Isso nunca foi um problema, disse ele, e lhe explicou como fazer um sacrifício propiciatório e apressado no campo de batalha: enfiam-se os dedos das duas mãos na boca do inimigo, puxa-se pelos dentes para cima e para baixo até quebrar a mandíbula, arrebenta-se a espinha com o joelho e de um puxão se arranca a cabeça. Ela sentiu um formigamento no ventre e a urgência de que lhe agarrassem os seios. Ele continuou a fitá-la, impávido: o que acabava de descrever era exatamente o que teria feito. Que estás dizendo?, perguntou Cortés. Ela lhe contou, ele não achou graça.

Logo no primeiro pátio do palácio, coalhado de burocratas que recebiam as queixas um tanto veementes das longas filas de habitantes do reino, Cortés devolveu a Cuauhtémoc os grãos de cacau que lhe emprestara para que pudesse apostar. Agradece a ele, disse a Malitzin, não por isto, mas por ter honrado a palavra. O índio o olhou com indiferença e respondeu: Diz-lhe que cedo ou tarde nos enfrentaremos em batalha, e então não o deixarei ir. Já eu lhe pouparei a vida, sim, respondeu Cortés, mas isso a Malinche já não traduziu.

Quando seis anos depois, na terça-feira de Carnaval de 1525, Cortés mandou o índio Cristóbal degolar o imperador acorrentado, tudo já estava tão fodido e todos tinham trocado de quadra tantas vezes que chamavam Malitzin de Marina e ele é que era chamado de Malinche. Todos já falavam as línguas de todos e sem perceber tinham fundado uma terceira nação cega da própria beleza que nunca ninguém conseguiu entender. Que teu Deus não te perdoe, Malinche, disse Cuauhtémoc já em espanhol ao conquistador como despedida. Não me amaldiçoes, respondeu o estremenho em nauatle, porque te permiti viver quando teu império era um barco. Não te amaldiçoo por minha morte, disse o imperador, mas pela de todos os outros: nesta terra ninguém dirá teu nome sem vergonha. Muito provavelmente as quatro mil missas que Cortés mandou rezar pela paz de sua alma tenham sido concebidas nesse momento.

Quando eu mesmo visitei o convento das irmãs irlandesas em Castilleja de la Cuesta, perguntei à madre superiora pelo fantasma do conquistador. Nunca chegamos a vê-lo, respondeu com toda a seriedade, mas no passado houve madres com quem ele tentou fornicar. E prosseguiu: O que ele nos deixou, sim, foi um monte de mortos que dizem coisas que ninguém aqui entende, porque falam uma língua de outro lugar. Um deles é muito bonito, disse; não consegue caminhar e tem o cabelo preso num coque estranho, no alto da cabeça em vez de atrás. Ele puxa conversa?, perguntei. Está sentado aí nessa cadeira, disse.

Tesouro da língua castelhana ou espanhola

PELOTA. Instrumento conhecido para se jogar. Há grande variedade de pelotas, mas a ordinária é recheada de pelos, donde tomou o nome. Tem forma redonda e é feita de quartos. Com ela se joga nas quadras chamadas *trinquetes*, e por essa razão chamou-se trigonal, ou pelota pequena de sobre corda.

SEBASTIÁN DE COVARRUBIAS, 1611

Academias del jardín

Os papas da Contrarreforma eram homens sérios, concentrados, de parca vida mundana. Assassinavam às mãos-cheias, de preferência lentamente e com público, mas nunca sem prévio julgamento. Eram nepotistas até não mais poder e traficavam influências com a desenvoltura de quem limpa o nariz num dia de frio, mas tinham bons motivos para tanto: só podiam confiar em seus parentes porque, se baixassem a guarda, qualquer subordinado os degolaria sumariamente, sem julgamento. Não tinham amantes nem filhos, usavam burel embaixo da púrpura, cheiravam mal. Eram grandes construtores e fiscalizavam incansavelmente para que nem um mísero seio se insinuasse num único quadro de nenhuma igreja. Acreditavam no que faziam. Ninguém nunca os veria rebaixando-se numa disputa de tênis ou de esgrima; não iam às festas de loucas que retumbavam do outro lado do rio Tibre.

Quando, depois de dezenove anos de ostracismo, o cardeal Montalto apareceu numa carruagem de ouro para ocupar seus aposentos no Palácio Apostólico, com a planta da futura cidade de Roma embaixo do braço, presenteou sua irmã Camilla Peretti com a pela de Bolena.

Camilla Montalto Peretti era uma viúva madura, dada às disciplinas que eram de se esperar da mais próxima confidente de um cardeal, mas tinha filhas que, à diferença dela e do recém-ungido papa Sisto V, faziam vida de corte, sim, e jogavam tênis: era o que se esperava de umas mocinhas milionárias e vistosas. "Aqui há jogo de bola", dizia Jacinto Polo de Medina em *Academias del jardín*, de 1630, referindo-se às finanças pessoais das princesas: "As mulheres gostam mais de sacar que de devolver".

Os irmãos Montalto tinham origem realmente humilde: eram filhos de um arreeiro e uma lavadeira e ficaram órfãos cedo — os dez irmãos que mediavam entre eles, mortos ou desaparecidos. Camilla, catorze anos mais nova que Sisto V, crescera à sombra do irmão coroinha, seminarista e padre. Sua memória começava nos anos em que ele já escalava o cordão do manto cardinalício impelido por uma extraordinária ambição, mas também pela força da natureza que representa a preocupação dos irmãos mais velhos com os mais novos.

Camilla já não padeceu o medo da miséria que levaria seu irmão a bater todos os recordes de levantamento de palácios e reforma de vias em Roma, para expulsar o fantasma da pobreza da cidade que lhe coube governar. Era uma mulher simples, que nunca teve nenhum problema em constar praticamente como a ajudante de câmara de Montalto e que, embora fosse capaz de desfrutar das vantagens de ser a irmã do papa, não perdeu o juízo por causa delas. Se ela havia cumprido fielmente com todos os seus deveres de princesa cardinalícia, compartilhando o fausto do Palazzo Montalto, também é verdade que, assim que seu irmão cruzou o rio Tibre e assumiu o nome de Sisto, escreveu à amiga Costanza Colonna para lhe pedir asilo em sua *loggia*, muito mais modesta e fácil de administrar que a mansão enlouquecida onde Montalto havia posto em prática suas teorias sobre a remodelação de Roma. Além de discreta, Camilla era uma mulher culta, portanto adorava a ideia de se recolher no palacete medieval em cujos jardins a poeta Vittoria Colonna reunira uma tertúlia que tinha Michelangelo entre seus participantes.

Camilla aceitou a bola de tênis meio disforme que ganhou de Sua Santidade e se mudou para a *loggia* com as filhas. É curioso — comentou-lhe seu irmão numa das poucas ocasiões em que a visitou depois de ungido —, aqui é onde Pio me deu aquela bola com que te presenteei. Que bola? A dos cabelos da rainha louca, ainda a conservas? Anda por aí. Não a percas, é o talismã que me fez sobreviver aos anos difíceis.

Camilla deixara a bola — que na verdade lhe dava um pouco de nojo — nos aposentos do administrador encarregado da manutenção da *loggia*: um padre de certa posição na paróquia de São Pedro que respondia pelo nome de Pandolfo Pucci e foi o primeiro empregador de Michelangelo Merisi da Caravaggio em Roma. Seu trabalho era pintar paisagens com santos que seu patrão depois vendia em igrejas de aldeia. Nenhum desses quadros sobreviveu.

O encontro, muito foda, de dois mundos

Eu já disse que tudo ficava grande demais em Hernán Cortés, a começar por seu destino. Também lhe ficou grande a capa que ele recebeu dos emissários de Moctezuma, com outros presentes mais suculentos, no lugar que poucos dias depois ele batizaria como Villa Rica de la Santa Vera Cruz, onde hoje fica o povoado de Antigua, junto à desembocadura do rio Huitzilapan.

Faz alguns anos, durante as comemorações do quinto centenário do Descobrimento da América, o governo espanhol mandou construir uma réplica da *Santa María*, a caravela da qual um dos irmãos Pinzón avistou Santo Domingo pela primeira vez. Eu a vi em Veracruz, justamente, e mais tarde pude visitá-la no porto de Baltimore, onde quem sabe por que razão ficou emprestada por alguns anos: estava numa doca turística, entre um submarino da Segunda Guerra Mundial e um suntuoso galeão britânico de três velas.

A caravela de Colombo era, falando claro, um bote, um veleirinho deficiente no qual não se entende como coube uma tripulação de descobridores à dieta de água com lêndeas, cerveja podre e bolachas úmidas. Era uma lancha, uma casca de noz, um passarinho depenado. Os bergantins com que Cortés percorreu a costa mexicana de Yucatán a Veracruz antes de decidir anexar o México ao império espanhol eram ainda menores. Uns barquinhos espremidos em cujo bojo mal cabiam os cavalos em pé; barcos que podiam entrar por um rio e que, se amarrados a uma árvore, ali ficavam.

O capitão e seus conquistadores originais ainda estavam com o rosto inchado e remelento quando chegaram os emissários de Moctezuma, que os seguiram por terra desde Tabasco. Cortés definitivamente não estava preparado para uma conversa diplomática naquela manhã. Diz-lhe que não nos venham aporrinhar, disse ao soldado que sacudiu sua rede de capitão. Trazem ouro, disse o soldado, que se chamava Álvaro de Campos; bastante ouro. Então eu vou, disse Cortés; acorda o Aguilar. Ao se levantar e pôr os pés sobre as tábuas do piso de seu camarote, surgiu às suas costas, com o cabelo empastado e a pele um pouco arroxeada por causa do peso do capitão, o rosto da menina Malinalli Tenépatl, princesa de Painala e cortesã do cacique de Potonchán, destra em artes não por sujas desprezíveis. Vens fazer de língua, ordenou-lhe Cortés. Ela, que começava a reconhecer em seu cérebro de poliglota ordens simples ditas em espanhol, perguntou em chontal: A este senhor ou a ti?, mas ao ver que Cortés se vestia e Álvaro de Campos não se despia, entendeu que eram seus serviços de intérprete que estavam sendo solicitados.

Cortés vestiu sua armadura completa e ordenou que, além de Aguilar e Malinalli, os línguas, se unissem a eles os quinze soldados a cavalo que estavam distribuídos entre os onze bergantins que formavam a expedição. Os demais deveriam ficar a bordo até segunda ordem. Mandou que se vestissem como se fossem conquistar Cempoala, com peitoral, joelheiras, capacete e penachos, apesar de que, por ser o auge mais seco da primavera, fazia um calor do caralho. Tirou do baú de sua cabine um dos colares de pérolas que trouxera de Cuba para a eventualidade de um intercâmbio de presentes, sopesou-o no punho e apanhou também uma pulseirinha de contas de vidro verde da qual pendia um tosco e minúsculo crucifixo de cobre. Enfiou ambos os objetos em sua bolsa e desceu até o compartimento de carga para desamarrar ele mesmo seu cavalo.

Tiveram que caminhar pelo rio com a água pelo saco, cada qual puxando seu animal com uma das mãos e com a outra segurando a corda que amarrava o navio à terra. Se o cordame estivesse mofado, se a luva de Cortés fosse nova ou se, num momento de distração — matar um pernilongo numa orelha —, o capitão tivesse sido levado pela correnteza, seu corpo teria acabado no golfo do México, e a Espanha, em Santiago de Cuba. Mas não aconteceu nada disso. Os exploradores saíram ensopados e arrepolhados pelo efeito da água em seus trapos e couros e cumprimentaram os emissários de Moctezuma com os rapapés que tinham aprendido muito mal em sua infância de fidalguetes de pedregais. Um dos lugares-tenentes, chamado Ricardo de los Reyes — por causa de uma aldeia estremenha, e não porque tivesse qualquer rastro de nobreza no sangue —, até se sentou sobre uma pedra para tirar a água das botas, o que o fez ouvir uma pigarreada que, se tivesse sobrevivido nos dicionários, seria hoje considerada um adjetivo cortesiano.

O capitão montou em seu cavalo, seus homens fizeram o mesmo, e todos partiram para o encontro facilitado pelo cacique local, que foi testemunha da saudação entre os emissários dos dois monarcas mais sanguinários do mundo naquele momento.

Reuniram-se na praça da aldeia, que tinha o impronunciável nome de Chalchicueyecan, onde Cortés apeou do cavalo — só ele — e deu um abraço de suor, couro e ferro no embaixador imperial. Seus homens notaram com nervosismo que atrás do mexica e de outros dois diplomatas havia um nutrido pelotão de jovens sem outro adorno além de uma tanga, capas de cores alucinantes e umas armas bem aterradoras, que consistiam em porretes cheios de facas. Eles, por mais cavalos que levassem, eram dezoito, contando com Malinalli, que era uma menina, com Aguilar, que era padre e estava bem acima do peso, e com Cortés, que era um velho.

Aguilar e em seguida Malinalli traduziram que vinham em paz, desde que os mexicas se convertessem ao cristianismo. Os astecas responderam que claro, sem problemas. Em seguida ofereceram seus presentes. Os emissários de Moctezuma entregaram mais ou menos, conforme o cronista consultado:

1. Um sol de ouro maciço.
2. Uma lua de prata maciça.
3. Mais de cem pratos de ouro e prata com enfeites de jade entalhado.
4. Braceletes, ajorcas, labretes.
5. Mitras e tiaras engastadas com joias azuis que pareciam safiras.
6. Todo tipo de pedras verdes entalhadas.
7. Couraças, malhas, cotas, instrumentos de tiro, escudos.
8. Penachos, leques e capas feitas de penas.
9. Vestes estranhas e colchas de lavor.

Cortés agradeceu os presentes e entregou:

1. A pulseira de contas de vidro.

Como a desproporção era notável entre os dois padrões de memorabilia intercontinental, pediu a um de seus soldados chamado Bernardo Suárez que lhe jogasse seu capacete.

2. Um capacete.

Findo o intercâmbio — os embaixadores mexicanos se entreolharam um pouco desconcertados antes de prosseguir, não se sabe se porque os presentes de Cortés eram francamente uma merda ou porque teriam preferido um cavalo para usá-lo em seus sacrifícios —, Cortés fez uma pequena reverência e virou as costas para os mensageiros imperiais. Já se preparava para montar de novo quando Aguilar lhe avisou que os mexicas tinham algo a acrescentar.

O embaixador principal disse: Trouxemos estes valiosos presentes para que os leves ao teu imperador como prova de nossa amizade e respeito; esperamos que lhe agradem e que, para entregá-los a ele, voltes com todos os teus homens e todos esses animais horríveis que trazes; esperamos que nunca mais voltes a pôr os pés em nossa terra. Já naquela altura Malinalli tinha sua própria agenda e preferia ser a mulher de um velho quase amável e um tanto distraído a voltar ao ofício de escrava sexual de um cacique e todos os seus amigos, portanto traduziu o seguinte: Trouxemos estes valiosos presentes que na verdade são pouca coisa comparados com o que há logo ali. Esperamos que gostes deles. Se te damos tudo isso é para que não penses entrar pelo país com esses animais horríveis porque sabemos que o povo está tão insatisfeito com o imperador que sem dúvida se uniria à tua causa e não à nossa. Aguilar, vendo os jovens guerreiros e seus porretes de navalhas, disse: Que és bem-vindo, que te trazem estes presentes do imperador daqui, que ele está um pouco preocupado com o descontentamento de sua gente, que é melhor não a ajudares, que se quiseres passar terás que ganhar desses moços aí na tua frente, que estão bem medonhos. Cortés respondeu dizendo que iria pensar no assunto, e todos pareceram ficar satisfeitos com a resposta.

As conversas entre mexicanos e espanhóis continuaram mais ou menos nessa base durante toda a primeira etapa da conquista do México, que terminou com a estadia, já resenhada acima, de Cortés e seus homens em Tenochtitlán. É um dos casos que melhor provam que às vezes um monte de gente pode não entender absolutamente nada, agir de maneira impulsiva e idiota, e mesmo assim alterar radicalmente o rumo da História.

Cesta de fruta

Caravaggio teve um terceiro patrão nos anos de sua ascensão meteórica: Federico Borromeo, primo de são Carlos e, até aquela data, o cardeal mais jovem de Milão. Foi nomeado aos vinte e três anos porque, morto o ideólogo da Contrarreforma, era inimaginável que a cadeira cardinalícia milanesa fosse ocupada por um sacerdote de outra família. Quando da morte de Carlo Borromeo — uma espiga ascética e retorcida, um terror, a maldita polícia do pensamento *avant la lettre* —, Federico, seu primo, estava mais propenso a ser professor de teologia. O desaparecimento precoce do primo o surpreendeu em plena edição das atas do Concílio de Trento, por isso sua escolha foi uma decisão doutrinária também lógica: ele era, na verdade, o único que entendia que merda era aquela tal Contrarreforma, que estava encharcando a Europa de sangue. Além disso, Federico Borromeo era uma peça-chave no xadrez do papa: estava do lado da França em Milão, uma cidade que Filipe III acabava de recuperar para o império espanhol à força de canhonaços.

Não é estranho, portanto, que no outono de 1599 Federico Borromeo estivesse morando no Palazzo Giustiniani, na praça de São Luís dos Franceses: ele estava presente na consagração da capela de São Mateus.

O cardeal Borromeo Segundo não era reservado nem virtuoso — diferentemente do banqueiro que o hospedava, era afeito aos bailes de máscaras só para homens que dava o vizinho —, mas tinha um santo sobrenome a zelar.

Borromeo teve sua própria coleção de arte, discreta e bem escolhida — que foi depositada na Biblioteca Ambrosiana depois de sua morte. Ao contrário de seu primo santo, que deixou um rastro de miséria na Europa, Federico dedicou seu dinheiro e seu tempo a comprar livros e manuscritos que seus agentes lhe mandavam da Grécia e da Síria para a biblioteca sobre a Antiguidade que ele fundou e continua funcionando. Devemos a ele muitos dos conhecimentos que temos dos helenos.

Quando Borromeo Segundo chegou a Roma, um pouco para representar os interesses de Milão no Vaticano e muitíssimo porque definitivamente não era bem-vindo pelo governo espanhol de sua cidade natal, Caravaggio ainda não começara a pintar somente o que ele queria e como queria: estava prestes a deixar para trás o ruído do bucolismo maneirista que ainda impregnava suas cenas sagradas antes do triunfo absoluto de sua *Vocação de são Mateus*. Borromeo foi seu primeiro cliente particular: comprou-lhe um quadro menor, *Cesta de fruta*, antes que incendiasse a história da arte com os vermelhos de *Judite cortando a cabeça de Holofernes*.

Cesta de fruta foi pintado não como se veem as frutas ao natural, mas sim como se refletem a certa distância num espelho côncavo.

O quadro foi considerado, em sua época, uma pintura virtuosa mais à maneira dos artistas flamengos que dos italianos. Em vez de representar uma janela com vista para o exterior, como tendia a fazer o realismo óptico renascentista, ocupava um espaço tridimensional interior: via-se como se fosse um cesto num suporte. Para amplificar o efeito, Caravaggio pintou o fundo do quadro da mesma cor que a parede do estúdio do cardeal Borromeo no Palazzo Giustiniani e até continuou as pequenas trincas e caroços de umidade no muro em que foi pendurado. Se não o quadro completo, pelo menos seu fundo teve de ser pintado *in situ*.

Pintar as frutas à beira da putrefação não deve ter levado mais que dois dias a Caravaggio. A peça mede trinta e um por quarenta e sete centímetros, portanto atravessou a praça de São Luís pendurada dos dedos do artista pelo chassis da tela já montada. Merisi levaria os pincéis e a paleta na outra mão, a mente focada em como reproduzir o golpe da luz na textura de uma parede de verdade.

O quadro, que seu autor deve ter carregado com a desfaçatez provocadora com que fazia tudo, era um objeto revolucionário de um modo que nós, que vivemos depois, não podemos imaginar, porque sempre esteve aí e o vimos reproduzido mil vezes, mesmo não sabendo nada dele. Não apenas o escorço se estende para o interior da sala em que está exposto: nenhum artista italiano jamais pintara, até então, uma natureza-morta — por isso o quadro se chama *Cesta de fruta*, porque o conceito de "natureza-morta" ainda não havia sido cunhado.

O artista deve ter entrado no Palazzo Giustiniani pela porta do pátio de serviço depois do meio-dia — a luz que se reflete na parede não é branca, mas alaranjada, como é a luz romana nas tardes de setembro e outubro. Deve ter passado diante das portas do estábulo e entrado pela cozinha. Decerto soprou o cabelo que lhe caía sobre os olhos antes de começar a subir as escadas da criadagem. Depois, arrumando a capa antes de cruzar a parede falsa que ligava o mundo baixo ao andar nobre, empurrou a porta com o quadril. O gabinete devia estar entreaberto para que ele pudesse fazer seu trabalho enquanto Borromeo tratava de algum assunto nos escritórios de governo do Vaticano.

Foi aí, nesse estúdio, que Caravaggio viu o objeto que alterou sua ideia da cor. Uma das mitras que um bispo muito esquisito, extremo e talvez genial chamado Vasco de Quiroga levara como presente ao papa Paulo III quando o convocaram para o Concílio de Trento.

Iridescência

Findo o primeiro intercâmbio diplomático, brevíssimo, o capitão mandou baixar baús para carregar os presentes de Carlos I até um dos bergantins. Enquanto os guardavam e inventariavam, Cortés reparou num dos mantos. Gostou da peça porque era carregada de motivos: contava uma história em que havia borboletas, pés de milho, caracóis, rios, abóboras. Era um enredo intrincado e misterioso, construído em cores pardas por um artista capaz de bordar com filigrana e habilidade notáveis. Isso não deve valer muito, disse ao soldado que fazia as vezes de inventariante; quando acabarem, levem esse manto até minha casa. O senhor não tem casa, respondeu-lhe o soldado. Pois então façam uma, aqui, e indicou um ponto no chão. Todos os homens, incluído Jerónimo de Aguilar, se viraram para olhá-lo. E desembarquem o resto da tropa, que hoje dormiremos em terra.

À noite, o manto pardo que o capitão decidira conservar com ele já cobria sua rede, pendurado entre dois de quatro postes cobertos por um teto de palmeira: a primeira capitania europeia da América continental. Se Júlio César viajava com sua biblioteca, não vejo por que eu não poderia acampar com minha coberta, pensava Cortés, enquanto olhava desinteressadamente para Malinalli. Ela tentava explicar com gestos que aquilo não era nem uma capa nem uma coberta, e sim um manto muito mais valioso que a maioria dos presentes ofertados por Moctezuma, e que, se o imperador resolvera adular seu rei, era justamente esse o objeto que devia enviar-lhe; o resto era engodo.

Foi fodida sob o manto real de Moctezuma. Depois Cortés se agasalhou com ele e dormiu a sono solto. Malinalli demorou mais algumas horas para conciliar o sono, excitada com o valor do objeto imperial que a cobria. Conseguiu dormir quando entendeu que, na realidade, dormir sob o manto de um rei era seu destino original.

O segundo dia mexicano de Hernán Cortés foi lento e, por causa da obrigação que ele impusera a seus homens de andarem sempre de armadura, malcheiroso. Ele o dedicou a percorrer os confins do que em sua cabeça já era uma vila estremenha, ou pelo menos cubana, e na de seus homens um criadouro de serpentes e bichos gigantes que eles deviam capinar sem entender bem por quê. O capitão andava irascível, por isso ninguém ousou lhe perguntar qual a razão de ele ter resolvido assentar arraial ali em vez de continuar explorando a costa.

Quando a esplanada do que mais tarde seria a Villa Rica de la Santa Vera Cruz ficou limpa de mato e as estacas dos barracos da soldadesca foram fincadas, o capitão mandou construir uma capela junto ao barraco onde ele já havia dormido a noite anterior. O muro do altar deve ser de adobe, disse, para que Aguilar possa oficiar com dignidade. Sufocou o princípio de motim ordenando que baixassem dos navios também os barris de cerveja que tinham trazido de Cuba. Hoje jantamos em grande, acrescentou.

Cortés havia conferido as provisões e verificado que dariam

para dez ou doze dias. Mas a terra onde estavam era tão pródiga que podiam muito bem esbanjar como quem celebra uma vitória. Para melhorar o festim, Malinalli trouxe de Chalchicueyecan, além de camarões, duas índias dispostas a assar tortilhas para a tropa e preparar chocolate.

Já de noite, quando Cortés lhe perguntou como havia conseguido que os índios lhe entregassem tudo aquilo, ela sugeriu através de Aguilar a ideia que mudaria o mundo: Eu disse a eles que estamos aqui para derrocar o tirano, que com nossos cavalos e suas flechas podemos libertá-los do jugo dos astecas.

Em seu terceiro dia mexicano, Cortés nem sequer visitou as obras da capela: dedicou-se a falar com os habitantes da aldeia próxima na companhia de seu par de línguas. Percorreu a povoação inteira, visitou suas roças e merendou com o cacique, que lhe ofereceu homens para terminar a capela. Cortés e Aguilar entenderam que essa oferta de mão de obra demonstrava claramente a disposição dos primeiros vera-cruzanos para abraçar a verdadeira fé, embora o cacique, depois de ceder os braços de sua gente aos espanhóis, tenha pedido encarecidamente que, em troca, escondessem os cavalos e amarrassem os cachorros.

Ao anoitecer, Cortés notou que seus expedicionários estavam mais mal-humorados que nos primeiros dias. Graças à chegada dos índios, as obras avançavam mais rápido e exigiram menos esforço dos espanhóis, mas mesmo assim a insalubridade da região estava se mostrando letal: dois soldados haviam apanhado umas febres e um cachorro tinha sido comido vivo pelos insetos. Quem será o próximo, capitão?, perguntou Álvaro de Campos.

Voltou a permitir que bebessem cerveja e se enfurnou em seu barraco para fazer coisas com Malinalli. Nessa noite, ela lhe disse por sinais que queria tirar o manto da rede e pendurá-lo dos postes de La Capitana — a choupana já era chamada assim. Não que ela achasse que um enfeite pudesse melhorar seus aposentos, mas assim pelos menos seu novo senhor pararia de sujar de sêmen e baba um objeto tão precioso. Ele deu de ombros e disse que ela podia fazer o que bem entendesse, mas se cobriu com o manto. Ela entendeu que tinha ganhado a discussão, no que já começava a se parecer mais com um casamento que com uma relação entre senhor e escrava.

Na manhã seguinte, Malinalli pendurou a peça assim que Cortés saiu para trabalhar com seus homens e os índios na construção da capela. Sua presença na obra certamente amainou as críticas, mas não as expressões de mal-estar: um espanhol descontente é um ser que bufa sem parar. À noite, com a faina já suspensa e a cerveja rolando, Cortés perguntou a um soldado de nome Alberto Caro: Pensas que eles se revoltarão se eu agora mandar construir o pórtico da capela em pedra? A cerveja não vai durar para sempre, respondeu-lhe Alberto Caro. O pobre do Aguilar não reza missa numa igreja de verdade desde que foi capturado pelos chontais; não pensas que vale a pena? Por mim, o Aguilar pode voltar para a selva. Mas isso os manteria ocupados. Ocupados para quê? O que temos de fazer é voltar para os navios e continuar explorando. O capitão encolheu os ombros e disse: Amanhã eu decido.

Naquela noite, ele encontrou Malinalli de ótimo humor em La Capitana. Aguilar tinha aproveitado que todos estavam distraídos na construção da capela para batizá-la no meio do mato, impondo-lhe o nome cristão de Marina. Lavrou um certificado de batismo notoriamente improvisado, mas nem por isso menos válido, que ela, por seu turno, entregou a seu amo. Quer dizer, então, que *doña* Marina?, disse Cortés quando o leu. Mandou chamar o padre.

Aguilar lhe explicou que a menina tinha sido princesa antes de ser a cadela dos seus desejos e que o sangue real era o sangue real; que agora que estava batizada não podia ser mais sua escrava, se bem que, se quisessem, poderiam viver amancebados. E daí?, perguntou *don* Hernando. Já podes levá-la de volta a Cuba, e tua esposa que se dane, é tudo legal. Virias conosco? Nem louco: voltaria para Yucatã. Terias coragem de oficiar um te-déum na merda de capela que esses incompetentes estão fazendo? Um te-déum para abençoar o quê? Não te faças de besta. Eu farei o que mandares.

De volta a La Capitana, Marina esperava o explorador disposta a lhe entregar o único presente que podia dar em sua qualidade de recém-liberta sem nada no mundo além do próprio corpo. Estava de pé, completamente nua e iluminada pela luz de uma vela de cera de abelha com pavio feito de seu cabelo. A entrega, por ser tão voluntária, excitou muitíssimo o conquistador, que de pronto caiu de joelhos para lhe cheirar as coxas. Ela se sentou na rede, abriu as pernas e adiantou a pelve, para sentir seus pelos faciais no sexo: continuava achando enlouquecedora a atenção de um homem barbado. Entrelaçou os dedos em sua cabeleira. Cortés adorava as emanações de Malinalli porque era jovem, tomava banho todas as manhãs e comia flores. Ela se deitou na rede, retesando-a, para chamar o orgasmo: as pernas abertas, os braços estendidos, os peitos apontando para o teto de palmeira. Para gozar, enganchou as panturrilhas nos ombros do capitão, dobrou-se sobre ele. Depois voltou a se deitar na rede. Foi só então que Cortés ergueu o rosto e reparou no escândalo que se produzia no manto de Moctezuma quando o olhava ajoelhado e à luz de uma vela.

O tecido cuja filigrana tanto o encantara desde que resolvera conservá-lo para si se acendeu. As aves brilhavam como se tivessem luz própria em seu voo, e a orientação desse brilho correspondia à do sol desenhado no manto; cada borboleta tinha uma cor diferente, as espigas de milho se agitavam ao vento por efeito da cintilação da vela; o que parecia um monte de abóboras eram os rostos de homens e mulheres, misturados em sua perfeita terrenalidade com plantas, caracóis e animais que ele nem sequer tinha notado. Os peixes ondulavam embaixo da água. Chovia. Eu te disse, sussurrou Malinalli ao seu ouvido, em chontal. Mordeu-lhe a boca.

Na manhã seguinte, o capitão foi compartilhar o desjejum com a tropa, que agora já incluía definitivamente todos os índios que de início tinham vindo apenas para trabalhar como pedreiros. Enquanto enrolava uma tortilha com um mexidinho de formigas, flores e chile, Cortés disse como se fosse uma coisa à toa: temos que terminar os muros da capela hoje mesmo, para que Aguilar possa consagrá-la; depois despachem os presentes do imperador para Cuba, e começaremos a desmanchar os outros dez bergantins. Os homens se esqueceram da comida — as formigas escapando dos tacos — para fitá-lo com olhos arregalados. Vamos precisar da madeira e da ferragem. Álvaro de Campos foi o único que ousou perguntar: Para quê? Vamos conquistar Tenochtitlán, babão.

Terceiro set, primeiro game

O lombardo olhou para o poeta, os dois ainda estatelados no chão. Ergueu as sobrancelhas a modo de cumprimento. O espanhol devolveu a saudação. Era a primeira vez desde a madrugada anterior que executavam um intercâmbio que não fosse de boladas. O artista se aprumou e ficou sentado no chão, limpou o sangue do rosto, mexeu o pescoço em círculos e terminou de se levantar. Imediatamente avançou até o adversário e lhe estendeu a mão. O poeta não hesitou em estreitá-la. Enquanto se punha de pé, o escapulário escapou de sua camisa. O lombardo o apanhou e o virou de um lado para o outro. Já vi uma coisa parecida, disse, o que é? Um escapulário. Não, estou falando da imagem, do que é feita? Não sei, disse o espanhol, veio das Índias. O artista o olhou mais um pouco e o soltou. Viste como reflete a luz? O poeta não entendeu a pergunta e voltou a enfiá-lo embaixo da camisa.

O lombardo passou um braço sobre os ombros do espanhol e sussurrou ao seu ouvido: Lembras por que estamos jogando? O professor me disse que é um duelo, mas não me disse o motivo. O poeta fez que sim com a cabeça. Se pudesse, teria prolongado a sensação do hálito do rival em sua orelha. Soltou ar ostensivamente pela boca. Safou-se com o pretexto de massagear o ombro esquerdo, que de fato estava dolorido depois do atropelo da corrida. Disse: Limpa teu rosto, continua a sangrar. O italiano passou a manga da camisa pela bochecha; como era preta e tinha sabe-se lá quantos dias de uso, ficou igual. Nem um descanso para beber algo, disse, um pouco de vinho com água? O espanhol sorriu. Seria pior. Voltar a ver de perto a gestualidade de seu adversário, seu rosto de homem comum e não de animal em luta, quase lhe amoleceu o coração. Vamos acabar logo com isso, disse. O artista encolheu os ombros e atravessou a quadra antes que o duque e o professor esticassem a corda.

Na noite anterior, os espanhóis tinham chegado tarde, vindos de um bordel, à Locanda dell'Orso, onde se hospedavam. Estavam de muito bom humor, com as encomendas e a barriga saciada. Antes de se recolherem aos seus quartos, ainda se demoraram no andar baixo para beber um último garrafão de vinho, já resvalando no despropósito de quem passou da conta nos tragos.

O local estava vazio, a não ser por uma turma de vadios que bebiam ocupando muito mais espaço do que precisavam e fazendo muito mais barulho do que teria sido normal até mesmo numa farra romana. O grupo era formado por seis ou sete boêmios, um jovem com aparência de padre e barba de velho e outro que parecia ser soldado: um homem magro e nervudo, vestido de preto, com bigodes e barba em ponta, à francesa. Era o único com adaga e espada.

Os espanhóis foram discretos: sabiam que meia Roma estava do lado da França e queria ver o rei Filipe pelas costas. Além disso, eles estavam na cidade fugindo da Justiça e tinham bebido e trepado com tanta vontade que não lhes restava muita energia para queimar. Estavam tranquilos. Os italianos, ao contrário, gesticulavam e gargalhavam.

Foi Otero quem, meio sem querer, estabeleceu contato com eles. Levantou-se para buscar um segundo garrafão de vinho e junto ao balcão notou que o jovem de barba venerável e costas um tanto encurvadas — definitivamente confiável — também estava pedindo mais um garrafão, só que de grapa. Barral mastigou seu paupérrimo italiano para lhe perguntar o que era aquilo, e o outro respondeu em espanhol límpido que era como a bagaceira. Pediu uma caneca ao locandeiro, encheu-a e a estendeu para o capitão com um sorriso. Prova, disse. Barral, que sabe Deus que bagaceiras tinha bebido em sua vida de soldado, deu um gole e sentiu um prazer imenso: a grapa, quando é boa, provoca uma explosão de luz no hipotálamo que é praticamente irresistível. Pediu para trocar o garrafão de vinho por um daquela bagaceira sem crostas que acabava de provar e o levou à mesa. Antes de se sentar, despediu-se gentilmente do homem que lhe oferecera o trago. Logo deram cabo da nova bebida.

Os espanhóis já iam dizendo as últimas besteiras antes de subir para dormir quando o locandeiro veio com mais duas jarras de bagaceira. Uma é oferta da casa, outra dos patrões ali, disse ao depositá-las sobre a mesa com tanta força que espirrou o líquido. O duque e o poeta se entreolharam sem dizer nada: mais duas jarras de grapa eram uma coisa séria no estado em que se encontravam. Osuna agradeceu ao locandeiro, serviu as canecas de sua gente e, erguendo a jarra na direção dos italianos, brindou e deu um grande gole direto do bico. O gesto — para um bando de trogloditas, nada como outro bando de trogloditas — foi ruidosamente festejado pelos locais, que em seguida convidaram os estrangeiros a se sentarem com eles.

O poeta já estava quicando a bola com mais vontade de que a partida acabasse que de qualquer outra coisa, quando o duque gritou com uma autoridade que não demonstrara até aquele momento: Por que tanta pressa? O poeta ergueu as sobrancelhas quando se virou para olhá-lo. O juiz de quadra o chamou da galeria, com um aceno. Os italianos não perderam a chance de vaiar. O artista coçou teatralmente a cabeça com a raquete, e seu padrinho voltou a dirigir os olhos para as vigas do teto. Que caralho pensas fazer?, perguntou o duque. Resistir, respondeu, usar a parede, cansá-lo. Está bem, disse, e em seguida acrescentou, apontando com o dedão da mão direita para os homens de Otero: Estes aqui perguntam que tanto conversavas com esse maricas na troca de quadra. Os guardas bufaram, contrariados. Creio recordar que nós aqui não perguntamos coisa alguma, disse Barral. Pois pergunto eu, do que faláveis? Do escapulário, do calor, de nada. Deves ganhar dele, não podes te entregar: aqui quem manda sou eu, e eu mando que ganhes.

O poeta apoiou a testa na balaustrada. Sacudiu a cabeça várias vezes antes de voltar para a linha de saque. Gritou *Tenez!* e pegou muito mal na bola, que tocou de leve no teto e desceu pairando na outra banda da quadra. O artista nem se moveu. Olhou para o rival com fastio, com impaciência, com o desprezo infinito que uma criatura ao mesmo tempo tão selvagem e sofisticada podia sentir por um rapaz espanhol de vinte anos empregado de um nobre um tanto ridículo, e disse: Manda uma bola de verdade. 15-Love, gritou o duque, furioso porque também havia notado a ereção que os agarrões da corrida tinham provocado no poeta: Love, que seja.

Voltou a sacar, com mais ímpeto, e o artista perguntou com uma voz repugnante antes de bater na bola: *Fatto tutto, spagnolo?* Devolveu requebrando o corpo com lascívia feminina. Não teve grande impulso, mas provocou grandes gargalhadas no público — até os guardas espanhóis deram risada. O poeta pegou a bola curta e a encaixou num canto. 30-Love, gritou o duque. E dirigindo-se a seu guarda-costas: Vai rir da puta da tua mãe, Otero. Os mercenários se entreolharam. O terceiro saque foi diabólico. O artista o alcançou longe da linha de base e devolveu um tiro curto, que o poeta cortou com facilidade. O italiano ainda alcançou o revide, mas a devolução quicou no outro extremo da quadra e lhe faltou ânimo para correr e alcançá-la. Quando o duque gritou 45-Love, o rosto do poeta era uma tormenta.

O amor que não diz seu nome

Há uma pintura da época intitulada *A morte de Jacinto*. Embora durante algum tempo tenha sido atribuída a Merisi, hoje se considera que foi realizada por um de seus discípulos, provavelmente Cecco del Caravaggio. O quadro representa Jacinto e Apolo no momento da morte do primeiro. Se são Sebastião não tivesse ganhado o patronato da cultura gay com suas poses enlevadas em pleno asseteamento, muito provavelmente Jacinto seria hoje a figura mitológica emblemática da homossexualidade masculina.

Amigo e amante de Apolo, Jacinto era filho de Clio e um rei do Peloponeso — conforme a procedência do relato, pode ser espartano ou macedônio. O deus, profundamente apaixonado pelo herói, estava treinando o rapaz nas artes da palestra e, ao lançar-lhe o disco com sua força divina, matou-o sem querer. Chorou tanto e tão vigorosamente que suas lágrimas transformaram o corpo de Jacinto na flor que leva seu nome, o que impediu Hades de carregá-lo ao inframundo.

Nas representações clássicas do mito, associado na Grécia

antiga à passagem da adolescência para a maturidade, Zéfiro, deus do vento, eleva-se carregando Jacinto para livrá-lo do inferno. Os especialistas chamam a postura em que o par ascende "coito intercrural" — quer dizer, um tipo de coito no qual não há penetração e o orgasmo se dá friccionando o membro entre as coxas do parceiro.

Cecco del Caravaggio foi o mais leal dos *caravaggisti* — pintores que imitaram Merisi depois de sua morte e até que a estrela de sua arte se apagou — e o único que trabalhou em seu estúdio e o acompanhou na maioria das farras e bebedeiras que o tornaram tão famoso como homem dado à insubordinação, a condutas reprováveis ante o statu quo da cidade dos papas e, irremediavelmente, ao crime. Os nus de Cecco representando Amor rindo às gargalhadas ou são João Batista quando jovem continuam sendo provocadores em sua frontalidade e franqueza.

Na pintura sobre a morte de Jacinto — mais tarde recriada por Tiepolo —, Apolo chora seu amante. Em vez do disco do mito original, tem na mão uma raquete. Aos pés do herói morto floresce um jacinto ao lado de sua própria raquete de tênis — ave caída.

Ex

Hernán Cortés voltou da expedição a Las Hubieras um ano e meio depois de mandar decapitar Cuauhtémoc e de presentear Marina com um marido espanhol e com o povoado de Orizaba. Dos três mil e quinhentos homens que o acompanharam ao que mais tarde se chamaria Honduras, só voltaram oitenta, todos espanhóis. Os índios — sempre a esmagadora maioria de seus exércitos — realizaram seu destino talvez santo de escutar os latidos de seus três mil quatrocentos e vinte cães da noite e seguir seu último imperador, morrendo de guerra ou de doença. Certamente muitos deles, ao se verem em terra ignota e por ora impossível de ser submetida porque não havia impérios contra os quais batalhar, simplesmente se embrenharam no mato e abjuraram da ridicularia de serem cristãos e súditos de Carlos I.

A expedição a Las Hubieras foi um formidável fracasso. Houve um trecho de serra vertiginosamente guatemalteco onde se perderam sessenta e oito cavalos, somando os que se desjarretaram, os que fugiram e os que despencaram pelos barrancos. Houve fome. Houve emboscadas — numa delas cravaram uma flecha na cabeça de Cortés, sem que haja uma explicação convincente de como ele a retirou e seguiu adiante. Houve doenças, sem que houvesse nenhuma xamã tlaxcalteca para curá-las, e sim malditas velhas maias para agravá-las. Cortés e oitenta de seus milhares de homens só permaneceram com vida porque num ponto da costa hondurenha acharam um navio bem abastecido. O conquistador o comprou fiado com tripulação e tudo e continuou a expedição por água. Na volta, ainda se deu ao luxo de passar por Cuba para cumprimentar os amigos e chegar a Veracruz já engordado e com roupa limpa.

Passou a primeira noite de seu caminho de volta para a cidade do México em Orizaba. Ali, na casa do prefeito do povoado, onde ficaria descansando, o conquistador recebeu uma visita de cortesia da Malinche. Falaram sentados à mesa, como os dois acérrimos inimigos que acabam sendo todos aqueles que, tendo trepado muito e muito bem, deixaram de fazê-lo. Ele mentiu sobre o êxito de sua expedição e a importância dos três portos que tinha fundado e deixado morrer. Ela disse, como todas as ex-mulheres, que era muito grata a ele por tê-la libertado de sua tutela de macho decadente, que só sentia falta do filho deles — chamado Martín, claro —, que nem para lhe fazer uma visita, apesar dos mil recados e presentes que ela lhe mandara. No fim, entregou-lhe o pardalzinho lavrado com o cabelo do último imperador dos astecas. Que é isso?, perguntou-lhe Cortés. As terças que o acometeram nas selvas de Petén às vezes lhe roubavam a memória. O escapulário que me pediste, respondeu Marina. Cortés o cheirou antes de colocá-lo diante dos olhos. Não o usaste, disse a ela. Nem louca. Na frente do patuá havia uma reprodução em filigrana de penas da Virgem de Guadalupe. Cortés beijou a imagem, inclinou-a até achar o ângulo em que se incendiava com a refração da luz e sorriu com uma sinceridade que já raras vezes podia usar. Obrigado, disse, apertando-o no punho. Pendurou-o no pescoço.

O bardo Lope Rodríguez retirou o escapulário de Cortés quando o encontrou já rígido em sua casa de Castilleja de la Cuesta, nos subúrbios de Sevilha. Nunca se separara dele.

Roubo

Em 1620, o médico e biógrafo de artistas Giulio Mancini dedicou um verbete de seu livro *Considerazioni sulla pittura* a Michelangelo Merisi da Caravaggio, a quem havia atendido em certa ocasião depois de um acidente um tanto espetaculoso envolvendo facadas e coices de cavalo. A sucinta biografia do artista começa dizendo: "Deve muito nossa idade à arte de Merisi". Por meio de Giulio Mancini, sabemos que Caravaggio chegou a Roma em 1592, aos vinte e três anos. Chegou a viver na *loggia* dos Colonna como assalariado de Camilla Montalto, viúva de Peretti, irmã do papa Sisto V. O artista deve ter chegado ali por recomendação da princesa Costanza Colonna, que empregara o pai dele como mestre de cantaria. A nobre lombarda sempre demonstrou um grande fraco por Caravaggio: ela o tomara sob sua proteção quando ele ainda era uma criança, durante a terrível peste que o deixou órfão, e passou a vida fazendo pedidos de emprego e clemência que ele enviava sem cessar.

Também não é de estranhar que os Colonna tivessem interesse em infiltrar um pintor na Roma explosiva do ano 1600: até aquele momento, a Lombardia tinha dado grandes banqueiros, generais brilhantes e sacerdotes de alta estirpe, mas seu lugar como cidade influente não estaria garantido para a eternidade se não desse também uma pessoa capaz de adornar as paredes de uma igreja romana. Caravaggio foi um pintor de santinhos no período em que morou na *loggia* dos Colonna. Camilla Peretti o pôs para trabalhar sob as ordens do padre filho da puta Pandolfo Pucci, que por sua vez o obrigava a pintar em troca de um sustento que não sustentava lá muito: submetida a sua administração, a criadagem do palácio não comia nada além de folhas verdes. Diz o médico Mancini: "Salada de entrada, de prato quente, de sobremesa e até como palito de dentes". Nas já então temerárias bebedeiras com que Caravaggio aplacava as agruras do projeto de vida que implicava ser um artista jovem na cidade para onde já haviam se mudado todos os artistas jovens da Europa, ele costumava chamar seu patrão de "Monsignor Insalata". O fato de Mancini conhecer esse detalhe revela que ele mesmo, na juventude, também não deve ter sido um exemplo de bom comportamento.

Naturalmente, Merisi logo abandonou o serviço de Camilla Peretti e seu Monsignor Insalata. Antes de ir embora, o artista pegou, como indenização, a bola de Bolena. Estava interessado não apenas no cofre, que decerto malbaratou a algum joalheiro de última categoria. Além da pintura, a *pallacorda* era a grande paixão de sua vida e uma de suas fontes de renda.

Foram suas unhas negras que emergiram do campo de cinzas deixado pelo fogo contrarreformista, só que, em vez de abrir-se ao sol como uma borboleta de carne, elas agarraram a pela e a esconderam em seu casaco.

Padres que foram uns porcos

Vasco de Quiroga, primeiro bispo de Michoacán, recebeu o convite para as sessões de reabertura do Concílio de Trento em mangas de batina. Se, em 1521, onde estivesse o focinho do cavalo de Hernán Cortés estava o último filão do Sacro Império Romano, em 1538 os astecas já eram uma civilização perdida e mítica como a dos atlantes ou dos garamantes e seu patrimônio genético repousava no fundo do lago de Texcoco, ou tinha sido processado pela última vez nos pulmões de quem respirou a fumaça das imensas pilhas de cadáveres que foram queimados depois da queda de Tenochtitlán. Os mexicanos não são descendentes dos mexicanos, e sim dos povos que se uniram a Cortés para derrotá-los. Somos um país com um nome feito de nostalgia e culpa.

Nesse ano de 1538, quando o bispo Quiroga recebeu seu convite selado e assinado pelo papa Paulo III ao Concílio de Trento, os purépechas, inimigos históricos dos astecas e nunca derrotados por eles, também tinham sido suplantados pelos conquistadores espanhóis. A guerra fora extraordinariamente higiênica porque teve um único contendor: os conquistadores. Os purépechas, sabendo que não teriam como resistir ao ataque de todas as nações da Mesoamérica unificadas pela primeira vez sob o comando canhoneiro dos europeus, submeteram-se aos novos senhores sem disparar uma única flecha e seu imperador se batizou. Em troca dessa entrega, pediram apenas que fosse preservada a integridade do reino. Seu pedido foi atendido — o reino de Nova Galiza, que começava no rio Balsas e terminava em Sinaloa, foi nominalmente autônomo do vice-reino da Nova Espanha durante o século XVI —, mas o imperador e toda a sua classe governante e militar foram exterminados de forma ultrajante e selvagem pelos exércitos do traidor Beltrán Nuño de Guzmán, segundo governador da Nova Espanha e conquistador de Michoacán. No ano de 1538, quando Vasco de Quiroga recebeu o convite para Trento, Guzmán já estava na prisão, amargando uma pena que há de ter sido dolorosa, espera-se, por assassino, ladrão e covarde.

Por esses dias, a ponta do Sacro Império deixara de ser uma arma ou um cavalo, para ser o canto superior do exemplar da *Utopia* de Vasco de Quiroga: a expansão da Europa chegava até onde ele apontasse com seu livro. Vamos pôr ali uma oficina de ourivesaria, dizia o bispo aos índios, que o amavam tanto que o chamavam Tata — "vovô" —, e apontava para um terreno com o canto de seu volume. Ali nascia, sem que os índios soubessem e talvez nem ele próprio, um novo ramo daquela árvore hospitaleira que o Sacro Império também quis e soube ser. Ponham uma escola ali. Um hospital. O canto da *Utopia*. Outro ramo.

Não sei, enquanto escrevo este livro, sobre o que ele é. O que ele conta. Não é exatamente sobre uma partida de tênis. Também não é um livro sobre a lenta e misteriosa integração da América àquilo que chamamos, com obscena desorientação, "o mundo ocidental" — para os americanos, a Europa fica no

Oriente. Talvez seja um livro que trata apenas de como este livro poderia ser contado, talvez todos os livros tratem apenas disso. Um livro com vaivéns, como um jogo de tênis.

Não é um livro sobre Caravaggio ou Quevedo, embora seja um livro com Caravaggio e Quevedo. Com eles dois, mas também com Cortés e Cuauhtémoc, Galileu e Pio IV. Individualidades gigantescas que se enfrentam. Todos trepando, se embebedando, apostando no escuro. Se os romances derrubam monumentos, é porque todos, até os mais pudicos, são um pouco pornográficos.

Também não é um livro sobre o nascimento do tênis como esporte popular, embora de fato tenha nascido de uma longa pesquisa que fiz sobre o assunto, com bolsa da Biblioteca Pública de Nova York. E fiz essa pesquisa depois de muito ruminar a descoberta de um dado fascinante: o primeiro pintor propriamente moderno da História foi também um grande tenista e um assassino. Nosso irmão.

Não é um livro sobre a Contrarreforma, mas se passa numa época que agora chamamos assim, e por isso é um livro em que aparecem padres perversos e sedentos de sangue, padres sexopatas que enrabavam crianças por esporte, padres ladrões que multiplicavam obscenamente suas riquezas graças aos dízimos e às esmolas dos pobres do mundo inteiro. Padres que foram uns porcos.

Vasco de Quiroga foi um padre bom. Um homem do mundo que, quando as circunstâncias assim o exigiram, se converteu num homem de Deus; não exatamente o Deus em cujo nome todos roubavam e matavam em Roma, na Espanha e na América, mas um Deus melhor, que infelizmente tampouco existe.

Carlo Borromeo aniquilou a Renascença transformando a tortura na única forma de exercer o cristianismo. Foi canonizado poucos anos depois de morrer. Vasco de Quiroga salvou, ele sozinho, todo um mundo, morreu em 1565 e ainda nem sequer se iniciou o processo de sua beatificação. Não sei do que trata este livro. Só sei que o escrevi furioso porque os maus sempre vencem. Talvez todos os livros sejam escritos só porque os maus jogam com vantagem, e isso é insuportável.

Terceiro set, segundo game

Os espanhóis recolheram dinheiro pela segunda vez, e os romanos vaiaram exigindo que o artista voltasse à partida. Mata-o de uma vez, pediu São Mateus, já estamos com sede.

Na noite anterior, depois de juntarem as mesas na Locanda dell'Orso, o poeta tentou puxar conversa com o homem de barbas veneráveis, que lhe deu a clara impressão de pertencer à sua classe social. Não teve sucesso, em parte porque o interlocutor que escolhera era evidentemente um homem tímido, em parte porque a ascendência do *capo di tavola* sobre o grupo era absoluta e não permitia distrações: ele decidia de quem se falava mal e ordenava quem ia buscar mais bebida. Não era um tiranete, e sim quem pagava a conta. Em outras circunstâncias, nenhum dos recém-chegados teria se sentido à vontade sob esse regime, mas àquela altura já estavam bem encharcados de álcool e fazia tempo que tinham entrado no território em que tudo parece suportável, desde que se mantenha aberta a possibilidade de entornar mais um copo.

O poeta gritou *Tenez!* Jogou a bola para o alto e carregou

no saque toda a autoestima que acabava de recuperar. O artista voltou ao jogo sem o empenho letal do set anterior, mas com energia suficiente para manter um vaivém tenso na quadra e obrigar o espanhol a correr de um lado para o outro atrás da bola. A perfeição do equilíbrio foi quebrada pelo lombardo, que a certa altura sentiu que podia interpretar melhor as forças em jogo e arriscou uma impiedosa paralela contra o buraco matador. Errou o alvo, o que deu ao espanhol a vantagem de esperar o rebote. O italiano teve todo o tempo do mundo para recuar, receber a bola e cravá-la pegada ao cordão. *Amore-quindici*, gritou o matemático, antes mesmo que o espanhol se escangalhasse tentando alcançá-la.

O poeta logo notara que aquele jovem, sabe-se lá por que trajado como professor às altas da madrugada e numa taverna, não apenas não falava como também não tocava em seu caneco, cheio até a borda desde que todos se sentaram à mesa. Embora em geral tivesse um ar distraído e taciturno, de quando em quando trocava olhares com o *capo di tavola*; uns olhares que pareciam emitir um julgamento sobre alguma coisa que alguém tinha dito. Optou então por acometer a empresa, mais complicada, de puxar conversa com o próprio *capo*. Não era fácil, pois estava mais disposto a pregar vulgaridades aos seus acólitos.

Depois do segundo saque do espanhol, o lombardo deixou de se esforçar por fazer um jogo divertido. O poeta se desalentou ao ver que o artista sorria de orelha a orelha enquanto, depois de encurtar genialmente um revide, erguia com desdém sua raquete para que a bola simplesmente batesse nela e caísse direto no outro extremo do campo. Nem sequer tentou ir atrás dela, escarmentado pelas gargalhadas com que os mendigos e as putas haviam coroado seu esforço no arremate do ponto anterior. O artista agarrou os testículos com a mão esquerda e lhe mandou um beijo.

Na noite anterior, depois de três canecos de grapa um tanto enfadonhos, porque nem o professor nem o *capo di tavola* se dignavam a conversar com ele, o poeta fez menção de se levantar. Então sentiu uma mão de ferro na coxa: o capitão da carraspana sorriu para ele com genuína inocência, assoprou o cabelo que lhe cobria os olhos e lhe disse em italiano: Desculpa, mas alguém tem que controlar esses selvagens, senão acabam destruindo o local. O poeta lhe estendeu a mão e o artista a estreitou entre as dele, apertou-a com dignidade. São meus amigos, disse: são todos horríveis, mas são os melhores do mundo. Que viestes fazer em Roma? Não muita coisa, respondeu em seu italiano um tanto acadêmico: Visitar os lugares santos, esperar as coisas se acalmarem em casa. Ah, respondeu o *capo* com um brilho nos olhos ao mesmo tempo sinistro e irresistível, estais fugindo porque cometestes alguma atrocidade contra o rei Filipe. Mais ou menos isso.

Na galeria rebentou um rumor vulcânico: indignados com a agarrada de testículos e o beijo do artista, os mercenários do duque puxaram todos ao mesmo tempo seus ferros e teriam invadido a quadra e interrompido para sempre a carreira do pintor, não fosse porque seu chefe os conteve com um gesto. Os italianos da galeria tiraram os punhais dentre seus calções e se rebojaram atrás do matemático, que ergueu os braços para contê-los sem tirar os olhos de cima do duque. Os espanhóis não prosseguiram na investida, mas também não embainharam as espadas. O poeta deixou cair sua raquete, o artista teve tempo de se perguntar se o outro fizera aquilo por causa do estupor diante do inesperado arranco de violência ou para ter a mão direita livre para correr até a galeria e pegar sua espada. Calculou que ele mesmo poderia se defender com a raquete até alcançar sua arma, que o professor não se atrevia a levantar do chão mas já ajeitava com o bico da bota. Por um instante, em toda a Roma não voou um pássaro.

Em outras circunstâncias, o poeta teria explicado ao *capo di tavola* que o fato de serem foragidos da Justiça não os tornava necessariamente aliados do rei da França, mas ele não conseguiria articular aquela frase em italiano, com a língua feita um trapo por tanta grapa, nem era mais capaz de tecer qualquer raciocínio. E havia algo de fascinante no homem que voltava a encher seu copo sem lhe soltar a perna, com algo mais próximo da generosidade que da cortesia, porque era áspero como um tijolo.

O duque gritou: Amor-30, e se sentou em seu lugar. O poeta entendeu que devia continuar jogando e levantou sua raquete do chão, apanhou a bola em meio ao silêncio mortal dos homens da galeria, que o observavam com o punho da espada ou o cabo do punhal na mão. Dirigiu-se à linha de saque.

Tenez!, gritou, mas sem jogar a bola para o alto, para que o artista tivesse tempo de retomar sua posição. Sacou. Trocaram bolas até que as armas voltaram às suas bainhas e o público voltou a se sentar. O poeta sentiu que tinham levado a melhor e que o domínio moral era dos seus, graças ao gesto com que o duque contivera o ímpeto da tropa. Quando viu que todos estavam de novo na partida, apanhou uma bola alta com gana e a cravou bem no canto da linha de base. Até o artista reconheceu com um gesto que tinha sido um tiro perfeito. 30-15, gritou o professor, retribuindo com uma cortesia o espírito pacificador do duque.

A partir de certa altura da noite anterior, os fatos deixavam de estar claros para o poeta, embora ele ainda fosse muito novo para esquecê-los por completo — a amnésia etílica é uma bênção que se recebe com o passar dos anos. Sabia que se pegara com o *capo* numa conversa idiota que os dois acharam apaixonante. Não tinha nem a mais remota ideia do que falaram, mas sabia que deram muitas gargalhadas, pendurando-se de quando em quando no ombro um do outro para dizer algo fundamental, tocando as testas, chorando de rir.

O jogo é teu, disse o duque ao poeta quando este foi recolher a bola para voltar a sacar. Quando estava se posicionando atrás da linha, a bola rolando na mão, viu que seu juiz mandava Barral ir apostar para que a normalidade fosse definitiva. Baixou a raquete, enxugou o suor. Novos apostadores. *Tenez!* O artista se defendeu seriamente, mas perdeu o ponto do empate e em seguida o da virada.

O espanhol era um conversador veloz e agudo quando sóbrio; bêbado, dotava seus desplantes verbais de um histrionismo genial: imitava vozes, fazia caras e bocas, conseguia explorar inimagináveis veios de crueldade de qualquer piada. O *capo* não tinha sua verve, era quase sério, mas seu jeito de esbravejar contra o que lhe desagradava, que era quase tudo, era fulminantemente encantador. Erguia as mãos, jogava a cabeça para trás, afastava o cabelo do rosto com a altivez do dono de Roma. Havia uma qualidade hipnótica em sua voz, apesar de emitida por uma boca delineada demais.

Dobraram as apostas. Sacou com efeito, respondeu tão duro à devolução do artista que quase arrebentou as cordas de sua raquete; o rebote da bola foi inalcançável. *Punto di caccia*, gritou o professor.

O poeta se recordava contorcendo-se de rir, abraçado pelos ombros ao seu novo melhor amigo, enquanto italianos e espanhóis tentavam cantar juntos canções que definitivamente deveriam ir separadas. Lembrava-se escutando com uma atenção de criança uma história que o lombardo lhe contava ao ouvido: seu hálito quente, a comichão de sua barba molhada na bochecha. Em nenhum momento faltou grapa.

Até que sentiu vontade de mijar e se levantou para desaguar. Já não conseguia articular muito, portanto deu um tapa nas costas do *capo* para indicar que voltava logo. Ele se virou para olhá-lo. Volta logo, disse. O poeta se agachou e lhe deu um beijo no cocuruto. Um beijo fraterno de bêbados que se esbaldaram juntos. O cheiro viral da maçaroca de cabelo e sebo do lombardo o transportou a um mundo em que era perfeitamente possível viver sem medo da perseguição dos esbirros do rei Filipe; um mundo de homens que arriscavam tudo e esperavam a morte arreganhando-lhe os dentes; um mundo completo em que as coisas se correspondiam umas às outras.

Embora o artista parecesse concentrado na perseguição da bola, o poeta respondeu sempre com eficácia e precisão. Um tropeço do italiano numa bola rasante lhe deu a vitória. Jogo para a Espanha, gritou o duque com uma veemência que vinha guardando desde que os ferros haviam brilhado sobre a quadra. Espera, disse-lhe o *capo*, eu também preciso mijar.

Contrarreforma

Vasco de Quiroga chegou à Nova Espanha em 1530, quando Tenochtitlán já estava pacificada. Era uma cidade cuja língua oficial continuava a ser o nauatle e onde já ninguém parava para se perguntar se os espanhóis estavam ali numa ocupação momentânea ou tinham vindo para ficar, como mais uma tribo que governaria até ser expulsa pela próxima. O resto da América infinita ainda nem sequer suspeitava que nos duzentos anos seguintes dezenas de culturas milenares que haviam florescido isoladas e sem contaminação nem defesas iriam inexoravelmente para o saco. Não que isso importe: nada importa. As espécies se extinguem, os filhos vão embora de casa, os amigos arrumam namoradas insuportáveis, as culturas desaparecem, as línguas, um dia, deixam de ser faladas; os sobreviventes se convencem de que eram os mais aptos. Na terceira década do século XVI, a capital dos tenochcas era o vértice de um triângulo que abria os braços em direção ao golfo do México e os esticava até a Espanha. Fora do triângulo de influência do Sacro Império, os conquistadores devem ter sido recebidos pela maioria dos povos que os rodeavam como uma tribo com uma tecnologia de morte inegavelmente superior, mas também com menos sede de sangue que os anteriores ocupantes da capital imperial do México. Não que os recém-chegados fossem humanistas com a intenção de melhorar a vida das pessoas, mas pelo menos não faziam sacrifícios a deuses febris e glamourosos — deuses *gore* e insuperáveis amantes do espetáculo —, e sim a um deus insípido e pragmático chamado dinheiro, estatisticamente mais letal que os quatro Tezcatlipocas juntos, mas também mais lento em seus métodos para fazer mal.

Vasco de Quiroga era um jurista nobre, traquejado naquilo que a corte de Carlos I considerava o Oriente — fora juiz na Argélia. Devido a essa experiência, foi enviado para a Nova Espanha junto com outros juízes menos cosmopolitas — auditores, como eram chamados à maneira medieval — para pôr ordem em sua administração cínica, ladra, desobediente e assassina.

O auditor Quiroga não se interessou de imediato pelo território purépecha de Mechuacán, recém-adquirido pela Coroa espanhola a ocidente da Cidade do México. Contudo, deve ter lido e ouvido incontáveis testemunhos sobre a destruição do único império que sempre resistira aos embates dos astecas.

Em seu primeiro ano na Nova Espanha, Quiroga foi apenas um juiz culto e circunspecto com uma espantosa capacidade de trabalho, uma notável curiosidade pela cultura indígena que definhava na cidade e pouca ou nenhuma disposição para fazer política. Desiludido com a classe de latifundiários que até então cuidava dos assuntos de governo da Nova Espanha, Quiroga fez mais amigos no clero. Foi assíduo visitante do bispo frei Juan de Zumárraga, que um dia, provavelmente depois de discutirem longamente como governar aquele território imenso que nem sequer entendiam, lhe emprestou um livrinho escrito por um inglês: *Utopia*.

É curioso que tenha sido Juan de Zumárraga, furioso queimador e torturador de índios, quem plantou na cabeça do juiz Quiroga a ideia de que as nações indígenas, autogovernadas de forma racional, poderiam transformar aquele moedor de carne que era a Nova Espanha num paraíso igualitário e produtivo. Não exagero quando digo que Zumárraga foi um criminoso de guerra, uma besta sanguinária, um general argentino: tão escandalosa foi a sanha com que perseguia os nativos da América por heresia que o próprio rei Carlos I teve de assinar um decreto determinando que os índios não podiam ser hereges porque eram neófitos e proibindo seu julgamento pela Inquisição.

Se Carlo Borromeo foi a encarnação mesma da ideologia da Contrarreforma, frei Juan de Zumárraga foi, do outro lado do mundo, seu instrumento mais afiado. Ambos foram consagrados bispos, talvez irresponsavelmente, pelo papa Pio IV, que, sendo o último sibarita renascentista, assassinou um mundo e fundou outro.

O futuro primeiro arcebispo do México era um biscainho magro e comprido — alguém deveria traçar a tipologia dos contrarreformistas furiosos: eram todos gente macilenta e um tanto limitada; homens que faziam seu trabalho com um zelo excessivo que certamente ninguém exigia deles, que levavam a sério coisas que haviam sido propostas e escritas só para constar. Zumárraga também era, talvez, o único peninsular incorruptível com quem o rei Carlos I, sempre rodeado de tratantes, pôde falar em toda a vida.

Quando frei Julián Garcés, primeiro bispo do México, se aposentou aos setenta e cinco anos de idade — fora nomeado logo depois da instalação do bispado em Tlaxcala, porque Tenochtitlán ainda cheirava a morto —, o imperador forçou a nomeação de Zumárraga para o posto e o mandou para a América mitrado e aos empurrões, com o novo cargo de "protetor de índios" —

coisa que ele também foi, sempre que os índios não mostrassem comportamentos suspeitos de heresia.

Apesar de ser um homem provinciano e sem experiência política, Zumárraga tinha grandes intuições: assim que chegou à Nova Espanha, percebeu que devia transferir o arcebispado à capital dos mexicas — na época ainda nem estava clara qual seria a cidade principal do novo vice-reino — e o acomodou, enquanto terminavam a primeira capela da catedral, no convento de São Francisco, onde hoje fica a Torre Latino-Americana.

Ali se instalou numa cela idêntica à dos outros frades e organizou a Igreja mexicana com a estrutura que ela conserva até hoje, assinou com sua mão ossuda sentença de morte após sentença de morte e entendeu que, para que a fé cristã vingasse, era preciso pintar nos santos e nas virgens um rosto moreno e erguer templos católicos onde antes havia locais de adoração mexicanos.

Frei Juan não tinha apenas sede de fogo. Também foi ele quem escreveu a carta ao rei da Espanha contando os desmandos que o governo da Primeira Audiência vinha perpetrando contra os índios e foi ele quem concebeu o plano de enviá-la encerada e oculta dentro de um barril de azeite. Foi um gesto corajoso e sagaz com o qual cumpriu sua promessa de proteger os índios — pelo menos os índios que ele não achava que mereciam fogueira.

Queimou, isso sim, todos os códices indígenas que lhe caíram nas mãos, por considerá-los "coisa do diabo". Seu ardor foi até metódico em questões de medicina e farmacopeia tradicional: deu cabo de todos os curandeiros que pôde e emudeceu seus aprendizes — foi o responsável pela perda, numa única geração, de todo o conhecimento médico acumulado ao longo de milhares de anos no centro do México. Por outro lado, sem ser exatamente culto, tinha paixão por livros de homens que talvez quisesse ter sido. Quando deixou o convento de São Francisco para se mudar ao novíssimo arcebispado construído com as próprias pedras do Templo Maior de Tenochtitlán, arrecadou o dinheiro necessário para que as paredes de seu primeiro gabinete e de sua cela fossem forradas de livros que mandara trazer da Espanha: foi o fundador da primeira biblioteca da América. Foi ele quem planejou e promoveu a criação da Universidade Pontifícia do México — a primeira universidade do continente — e também quem comprou e instalou no próprio arcebispado a primeira tipografia americana.

Tudo isso aconteceu quando ele já havia ganhado todas as suas batalhas e o advogado Vasco de Quiroga já era o inesperado bispo do Michoacán. Antes, quando os dois se conheceram, decerto ainda no convento de São Francisco, eram um homem culto e outro com vontade de ser culto, ambos assoberbados por um encargo real que simplesmente não parecia factível: transformar a languidez mexicana em algo funcional e parecido com a Europa. Foi numa dessas conversas que Zumárraga presenteou Quiroga com o livrinho de Thomas Morus — sabe-se disso porque o volume ainda pode ser consultado na coleção de raridades da Biblioteca da Universidade do Texas, em Austin, e tem anotações dos dois.

Linguæ Latinæ exercitatio

— Jogam em Paris do mesmo modo que aqui?
— Sem diferença alguma, salvo que lá o mestre do jogo dá sapatos e gorros para jogar.
— De que jeito são?
— Os sapatos são de feltro.
— Não seriam bons para cá.
— De fato, pois aqui jogam em ruas cheias de pedras; mas na França e em Flandres o fazem sobre piso de ladrilhos, plaino e igual.
— E com que bolas jogam?
— Com pelotas de vento, quase nunca, como aqui; mas usam umas menores que as vossas, e muito mais duras, de couro branco. O recheio não é como o das vossas, feito com cabelo de condenado, mas de ordinário com pelo de cães, e por sua dureza raras vezes a jogam com a palma da mão.
— Como jogam, então? Com o punho, como se joga com as de vento?

— Não, por certo, mas com raquetas.
— Feitas de linha?
— De cordas mais grossas, como são de ordinário as sextas de viola. Usam ainda uma corda estendida: é falta ou erro jogar a bola por baixo dessa corda.

JUAN LUIS VIVES, 1539,
tradução de Christoval Coret y Peris

Terceiro set, terceiro game

15-0.

Os bêbados e as crianças urinam com a mesma urgência gloriosa: quando precisam desaguar, é uma coisa séria e inadiável. E mijam com profusão e barulho, de forma espumante, vasta e feliz.

O poeta sentiu na nuca a onda de prazer que dá aliviar-se das águas baixas. Mantinha a cabeça bamboleante inclinada, pois ainda lhe restava na consciência uma última réstia de luz que lhe recomendava não molhar as botas. Ergueu o rosto e gemeu como um leão, transido de deleite. Só quando o jato se normalizou é que pôde prestar alguma atenção no vulto escuro do *capo* italiano, que derramava suas próprias águas nas vetustas pedras da Via dell'Orso.

Achou que tinha mijado durante horas quando finalmente levantou os calções e se escorou na parede à espera de que seu companheiro terminasse. Só então percebeu que o ar frio lhe estava provocando enjoo. Respirou fundo, afastou as pernas para se firmar bem no chão. Aferrou-se de um modo que lhe pareceu discreto à barra do muro da taverna, para que a cidade parasse de rodar.

O *capo* se encostou ao lado dele quando acabou de urinar. O poeta já o vira de longe, sua imagem empastelada por um cérebro reduzido a uma bola de cera. Achou que seu novo amigo estava intacto, apesar de terem bebido no mesmo ritmo. Também achou que não parava de falar. Não entendia uma palavra do que dizia.

Esforçou-se para acompanhar sua parolagem, afetando uma lucidez já perdida, até entender que era alguma coisa sobre a noite e o rio. Tentou aprumar o corpo, mas não conseguiu: perdeu o equilíbrio e se segurou jogando um braço nos ombros do companheiro. O *capo* sussurrou ao seu ouvido o que vinha repetindo sem que ele entendesse. Que fossem até o rio, que o rio curava tudo.

Existe um tipo particular de sofrimento na solidão de quem já perdeu a guerra contra o álcool e cambaleou ainda consciente: a dor, a náusea, o pavor de que o mal-estar que vai tomando conta de tudo continue para sempre. O poeta pensou que no rio poderia talvez vomitar sem chamar a atenção dos vizinhos com o barulho das golfadas. A mão quente do italiano segurando-o pelas axilas como a esperança final num mundo em que de repente todas as possibilidades de prazer estavam canceladas. Deixou-se afastar do muro, pendurado nos ombros do *capo*, que não perdia o prumo nem parava de sussurrar ao seu ouvido coisas das quais ria sozinho enquanto o guiava lentamente pelo beco. Não era um remédio o que o poeta havia encontrado naquele ombro em que babava. Era algo menos eficaz e ao mesmo tempo mais reconfortante.

15-15.

Os vapores do rio não tiveram o esperado efeito salutífero. Ao contrário, o aumento da umidade pantanosa fez com que o poeta se sentisse pior ainda. Encostou-se na mureta de pedra, a cidade rodando no fundo dos olhos, e respirou o mais fundo que pôde. Como não melhorava, enfiou um dedo na garganta. Seu corpo inteiro começou a se convulsionar, arqueado.

Primeiro foi só uma dor no peito, ondas de calafrios e tremores, vascas que de tão profundas pareciam querer arrancar-lhe os colhões. Agachou-se e sentiu que a grapa que ainda se agitava dentro de seu estômago incapaz de processá-la subia com potência vulcânica. Conseguiu erguer-se o suficiente para vomitar, interminavelmente, do outro lado do parapeito de pedra que coroava o muro de contenção das margens.

Limpou a boca com a manga da camisa e puxou um lenço para assoar o nariz, que pingava profusamente. Massageou a nuca e largou-se no chão, deslizando as costas pela mureta. Voltou a sorrir: já não sentia os dentes da morte triscando seus cabelos, mas continuava muito bêbado. Só então procurou o *capo* com os olhos. Pelo jeito, desaparecera depois de deixá-lo no rio. Pegou no sono.

30-15.

Foi acordado com uma sacudida nos ombros. Era o italiano, que o observava com um sorriso cúmplice. Estás bem?, perguntou-lhe com suavidade. Levantou seu rosto pelo queixo, deu-lhe um par de tapas mais que gentis, puxou de suas orelhas. Já desperto, o poeta percebeu que o homem lhe estendia uma jarra de barro. Se eu beber mais uma gota de vinho, morro, disse. É água, explicou o outro, fresca; fui buscar no chafariz. O poeta achou graça e começou a fazer bochechos para se livrar do sabor ácido de sua imundície, lançando a água além da mureta. Depois molhou o rosto e a nuca. O italiano tirou da bolsa um ramo de hortelã. Masca isto aqui, disse. O poeta obedeceu com a humildade dos caídos que estão voltando. Embora o efeito das folhas em seu paladar e sua língua fosse intenso demais para ser grato, sentiu que os sucos da hortelã lhe abriam canais obstruídos.

Recuperou a segurança necessária para se levantar. Estão me esperando na Locanda dell'Orso, balbuciou para o *capo*. Avançou dois passos, escorregou e tombou no chão como um fardo. Sua parca sobriedade bastou apenas para colocar bem as mãos e proteger a cabeça. Enquanto pelejava para se reerguer, viu que o italiano se contorcia de rir. A cara vermelha do homem que pouco antes fingira comiseração lhe pareceu hilariante. O *capo* se aproximou, puxou-o pela mão e os dois foram parar na lama. Tentaram se levantar cada um por seu lado, mas quando um deles já ia conseguindo, o outro, em seu empenho por segui-lo, voltava a derrubá-lo. Finalmente se deram por vencidos e ficaram estatelados no chão, juntos e de barriga para cima.

O beco está cheio de barro, disse o *capo*; nas condições em que estamos, não conseguiremos chegar à taverna. Engatinharam de volta à mureta. Logo ali há uma escada, disse o lombardo, apontando para um dos acessos que desciam pelo muro de contenção até a beira do rio. Vamos nos sentar lá. Avançaram com desajeitada dedicação até chegar ao que, naquele transe, consideravam terra firme.

30-30.

Ficaram os dois sentados lado a lado, o canto dos joelhos chocando-se enquanto um se contorcia de rir com o que o outro dizia. A certa altura, o *capo* jogou o corpo para trás e calcou os cotovelos no degrau acima deles, sacudiu a cabeça e sacou uma bota de vinho de dentro da capa. É espanhola, disse ao poeta. Não acredito que continuarás a beber. O italiano destapou a borracha com olhar desafiante, entoando uma cançoneta ridícula. Empinou-a, abriu a boca e deixou que o jorro de vinho lhe encharcasse os bigodes. Dá-me um gole, disse o espanhol, encorajado pelo combustível da inconsciência. O italiano despejou um segundo jato em sua própria boca, cheia e inerte como uma pequena piscina. Deixou-a aberta e apontou para ela com um dedo. O poeta sorriu antes de ir, delicadamente, recolher o vinho com a língua.

30-45. Ponto de jogo, gritou o duque. Enfiou uma das mãos no cabelo do *capo* e se apertou contra sua boca. O artista reagiu com musculatura: agarrou-o pela nuca. O poeta sentiu que estava voltando a um lugar já perdido onde contava com um guia. Prosseguiu como se naquela língua pudesse encontrar alguma coisa que sempre lhe faltara. O cheiro almiscarado do cabelo, o vigor do abraço. O lombardo inverteu a postura, colocou-o embaixo de seu corpo e se apertou contra o dele. O espanhol encontrou um inesperado prazer nessa submissão, como se o dom da obediência de repente ganhasse uma razão de ser. Sentiu a ereção do outro crescendo. Foi dominado pela curiosidade, pela necessidade de sentir aquela coisa brava e viva que o ameaçava e lhe agradava em termos iguais. Sentiu curiosidade, queria atingir o lugar em que tudo aquilo que estava acontecendo se transformasse num suplício afortunado. Tocou-lhe o sexo. O *capo* se desprendeu de sua boca e começou a lhe passar a língua pelo pescoço, pelas orelhas. Tinha que saber, era só o que ele queria: saber. Enfiou a mão por baixo da faixa, mergulhou-a pela parte interior do calção e sentiu na palma o sexo do lombardo, apertou-o, percorreu-o intrigado por seus sumos. Desceu mais um pouco para investigar aquela fonte de calor tão gentil que seus testículos representavam. Então escutou a voz inconfundível do duque gritando da mureta de pedra: Mas que porra está acontecendo aqui?

Caccia per il milanese.

Utopia

Nunca ninguém leu *De optimo reipublicæ statu, deque nova insula Utopia*, de Thomas Morus, com tão delirante ardor prático como Vasco de Quiroga. Fazia pouco mais de dois anos que o advogado se encontrava na conturbada Nova Espanha e já estava fundando nos arredores da cidade do México a vila-hospital de índios de Santa Fé cujos regulamentos — ou o que sobrevive deles, que não é grande coisa — podem ser definitivamente considerados o texto fundador da longa e frondosa história do plágio no México.

Thomas Morus havia escrito um livro fantástico disfarçado de ensaio político sobre como poderia funcionar uma sociedade livre do vício constitutivo da avareza. O volume era uma meditação sardônica sobre as misérias da vida na Inglaterra de Henrique VIII, uma piada política. Tanto que descrevia um lugar chamado "Não existe esse lugar" — segundo a tradução ainda insuperável de Quevedo —; um Não Existe Esse Lugar banhado por um rio chamado Ahidro — "Sem Água" — e cujo máximo governante era conhecido como Ademo, "o Sem Povo". *Utopia* era um exercício ideal, um jogo do humanismo renascentista que nunca pretendeu ser posto em prática. O que Vasco de Quiroga viu nele foi bem outra coisa.

Nova Espanha e Nova Galiza eram um lugar, sim, mas um lugar que mais parecia uma terra de ninguém, porque Hernán Cortés e Nuño de Guzmán tinham sido mais propensos a derrubar a pontapés o que encontravam pelo caminho do que a reordenar o quebra-cabeça. Não eram homens de Estado, pois foram ao México apenas para ficar milionários, e portanto, onde ninguém sabia o que pôr, a maioria dos membros da geração dos conquistadores pôs feitorias; outros, melhorzinhos, puseram igrejas. Zumárraga pôs fogueiras e uma biblioteca. Vasco de Quiroga achou normal pôr uma utopia.

A vila-hospital de Santa Fé era uma povoação constituída em torno de um asilo de velhos e doentes onde sua autoridade máxima, que era Vasco de Quiroga, determinou que não circularia dinheiro. A vila seguia, tão ao pé da letra como a realidade permitia, as não instruções ditadas jocosamente pelo humanista londrino para o funcionamento de Utopia: era dividida em dois eixos que se cruzavam no hospital e no templo, e em cada um de seus quadrantes havia casas multifamiliares pertencentes a quatro clãs. Esses clãs eram administrados por um conselho de anciãos e tinham representação nas demais famílias; todos se reportavam ao diretor do hospital, o único cargo que devia ser obrigatoriamente ocupado por um espanhol. Para garantir seu sustento, a vila-hospital de Santa Fé havia sido fundada reunindo famílias de artesãos especializados em diferentes ofícios — num quadrante, oleiros, carpinteiros, plumistas; em outro, pedreiros, cesteiros, cultivadores de amendoim, e assim por diante. Todos organizados num sistema de mestres e aprendizes oriundos da mesma família. Os habitantes da vila trabalhavam por um tempo em sua especialidade e outro no plantio e colheita nas terras comunais. Os produtos das roças e oficinas não consumidos localmente eram armazenados na diretoria, que intermediava sua venda nos mercados da capital.

Vasco de Quiroga deve ter pensado que era um gênio econômico e Thomas Morus um visionário, porque a vila-hospital de Santa Fé funcionou às mil maravilhas e logo se transformou num centro produtivo que abastecia a capital não apenas de objetos úteis — ferramentas, instrumentos musicais, escoras de construção, peças suntuárias como esculturas policromadas de santos e virgens ou adornos de penas feitos segundo as técnicas ancestrais dos plumistas nauatles —, mas também de produtos agrícolas básicos: milho, abóbora, feijões, mel, flores. Não passou pela cabeça de Quiroga, claro, que o modelo funcionou porque a sociedade proposta por Morus e orquestrada por ele próprio propunha um sistema produtivo similar ao que os índios do vale do México praticavam antes da chegada dos espanhóis. Era o mesmo esquema de produção que, cada vez que os índios tentavam reativar, Zumárraga ia lá e os queimava.

Em 1536, o bispo Zumárraga, enquanto queimava livros indígenas que hoje seriam muito valiosos e imprimia tratados em latim que continuam por aí sem que ninguém os consulte, acionou suas influências na corte peninsular para que o Vaticano reconhecesse uma nova região mexicana a ser governada e ele pudesse ser promovido a arcebispo da Nova Espanha. Suas pressões tiveram êxito — o rei nunca lhe negava nada —, e em 1537 seu interlocutor e amigo, o advogado Vasco de Quiroga, foi ordenado padre às pressas e nomeado primeiro bispo de Mechuacán.

Ali fundou uma segunda vila-hospital de índios na antiga capital purépecha de Tzintzuntzan e, aproveitando o embalo, no ano seguinte organizou, perto das margens do lago de Pátzcuaro, uma república completa, indígena e utópica, onde cada casario era especializado na manufatura de algum produto útil e todas as terras eram comunais.

Se houvesse um Campeonato Mundial dos Humanistas Mortos, Vasco de Quiroga disputaria a final com Erasmo de Roterdã e ganharia de goleada. Nunca nenhum homem esteve tão confortável na posição de desenhar um mundo completo como bem entendesse. E se algum outro esteve, não fez as coisas tão bem quanto ele. As comunidades utópicas do lago do Pátzcuaro foram a horta da Nova Espanha durante trezentos anos; os descendentes dos índios que as fundaram há quase meio milênio continuam falando purépecha, continuam até certo ponto se autogovernando por meio de conselhos de anciãos — eu vi um em Santa Clara e outro em Paracho —, continuam vivendo em povoados arrebatadoramente lindos protegidos por ecossistemas mais ou menos intocados e continuam fabricando os produtos que Tata Vasco achou que podiam ser vendidos suficientemente bem para garantir a sobrevivência da comunidade.

A carta por meio da qual o papa Paulo III convidava o bispo de Michoacán às reuniões do Concílio de Trento chegou a Pátzcuaro, por isso foi um índio que a levou até Tzintzuntzan, onde Quiroga estava despachando assuntos do hospital e arbitrando uma disputa entre as famílias locais de tecelões purépechas e as de plumistas mexicanos — fabricantes de têxteis estampados com penas em vez de tinturas. Tata Vasco estava reunido com Diego de Alvarado Huanintzin quando a carta do papa chegou.

Sobre as causas da miséria sob o reino de Henrique VIII

E que me dizes do fausto impertinente com que essa triste miséria se cobre? Os serviçais dos nobres, os artesãos e até mesmo os camponeses, todos enfim se entregam a impertinente fausto no vestir e demasioso luxo no comer. Que dizer dos lupanares, das casas de tolerância e destoutros lodaçais que são as tavernas e cervejarias? E que dizer, enfim, de todos esses jogos nefastos que logo exaurem o dinheiro e lançam seus adeptos na miséria e no caminho do roubo: o baralho, os dados, os tacos, o disco? E o pior de todos: a pela. Desterrai do país essas pragas nefastas.

THOMAS MORUS, *Utopia*, 1516

Terceiro set, quarto game

Em seus momentos expansivos, o italiano mantivera o domínio absoluto do jogo; era mais forte e muito mais habilidoso e matreiro, mas também era um jogador instável. Desconcentrava-se com facilidade, movimentava-se com uma soberba que muitas vezes era sua perdição, e o fato de ser dez anos mais velho que seu adversário fazia com que sua ressaca fosse imensamente mais destrutiva que a do poeta — o mal-estar da ressaca é diretamente proporcional à idade de quem a padece, e o aumento da indisposição não é linear, mas exponencial.

Acabrunhado como estava, moralmente arrasado por ter sido pego em flagrante na noite anterior, o espanhol se concentrara na partida não na intenção de impor uma *hybris* que ainda não tinha suficiente idade para colher, mas para se desagravar perante o duque e resgatar uma imagem digna. Sua vitória estava além da quadra, mas ganhar a partida era indispensável para poder conquistá-la. Acreditou que podia ganhar porque o lombardo tivera muita dificuldade para vencer o terceiro game. Chegou até a bravatear um pouco, coisa que não fizera desde o início da partida: E agora, apostareis em mim a valer?, perguntou com uma voz talvez aguda demais, olhando para o lado da galeria onde estavam seu chefe e sua escolta.

O espetáculo da noite anterior, para sorte dele, não tivera outro público além do duque. Assim que ouviu o grito de seu chefe, o poeta retirou rapidamente a mão da braguilha do lombardo e o empurrou, escapando com facilidade de seu abraço. O outro, tão ou mais bêbado que os espanhóis, não entendeu o que estava acontecendo até ver seu parceiro em pé diante dele, desafiando-o com a espada — a de ferro — desembainhada. Socorro, duque, socorro, gritava como um possesso, que me estão roubando. O *capo*, encurralado, levantou as mãos e mostrou um sorriso de lobo. Ergueu o rosto para onde estava o nobre e disse em italiano: Se eu estava roubando alguma coisa desse aí, era só a virgindade, senhor. É dos que gostam de tomar no cu, e não me custa nada lhe fazer esse gosto. O poeta investiu contra ele com o ferro em riste. O italiano rolou dois degraus abaixo e se levantou de repente. A espada e o punhal nus. Continuava a sorrir. O duque logo viu que os floreios de almofadinha de seu amigo não bastariam para vencer um sujeito capaz de se safar de uma situação tão comprometedora com tanta graça e bom humor. O poeta ameaçou outro golpe, e o soldado o desviou sem nem sequer erguer o ferro. Deixa-o, disse o duque: é um homem de guerra, não de salão. O jovem, sem baixar o ferro que mantinha apontado contra o italiano, perguntou: E a minha honra? O *capo* olhou para cima: Desde quando os *buggeroni* têm honra? O espanhol tentou uma terceira investida. A ferrada com que o rival aparou seu avanço lhe estremeceu o corpo até os calcanhares. Baixa a arma, ordenou-lhe o nobre.

 Acabarei com ele, verás como acabarei com ele, disse o poeta com os olhos postos no duque. Girava a raquete em círculos, tentando relaxar o pulso. Não duvido, respondeu-lhe, mas não te desconcentres.

O matemático abandonou por um momento seu mutismo de idiota iluminado e se pôs de pé. Lembrou aos presentes que dali em diante o que estava em jogo era a partida. E olhando para o juiz de quadra espanhol: Estamos de acordo em que a partir de agora só se aposta no resultado final? O nobre, sem entender muito bem essa regra mas encorajado, respondeu que sim, sem dúvida. O matemático gritou então, a plenos pulmões, que estava aberta a última rodada de apostas.

Barral hesitou um pouco antes de deixar junto à linha a pequena fortuna que havia reunido, somando o que seu chefe lhe entregara com o que ele ganhara e roubara. O poeta se virou para olhá-lo, meio ofendido: A vitória é certa, Otero. Apostai também o salário do mês, gritou o duque. Que salário? O duque entregou-lhe mais dinheiro. E se perdermos? Pago o dobro. Das apostas? Do salário, idiota. Barral juntou tudo e voltou à linha para deixar uma segunda pilha de moedas do lado do espanhol. Deu então de cara com São Mateus, que lhe arreganhou os dentes.

Na noite anterior, o *capo* tinha feito exatamente o mesmo gesto quando finalmente o espanhol baixara a espada. Um gesto como de gato, que consistia em sacudir um pouco a cabeça mostrando a dentadura com uma ferocidade um tanto sarcástica. O poeta subiu as escadas de costas, a ponta da espada vigiando seu inimigo. O lombardo não se moveu.

Quando o espanhol alcançou o nível da rua, o nobre também sacou sua espada, para esperar em guarda a chegada do italiano. O outro entrecerrou os olhos: E tu, do que te defendes, perguntou, se não és maricas como nós? Guardou a arma e o punhal. Arredai, disse, que vou passar. É tudo calúnia, murmurou o poeta ao duque. O *capo* ainda lhes estendeu a mão quando passou ao lado deles. Ao ver que não respondiam ao seu gesto, arrotou com gosto e parou para puxar sua bota de vinho. O desajeitamento com que tentou destampá-la revelou aos espanhóis que continuava completamente bêbado. É agora, disse o duque, e os dois arremeteram contra ele. O lombardo se esquivou rolando pelo chão. Quando tornaram a investir, o outro já estava com o punhal e a espada nas mãos e os aguardava, sorridente. Acertamos as contas, ou não?, perguntou o *capo*; eu prefiro voltar para casa a passar o resto da noite na cadeia; quanto a vós, sei que vos esperam na Espanha. Baixaram as espadas. O duque embainhou. Isso não pode ficar assim, choramingou o poeta. Não te podes defender nesse estado, replicou seu chefe, não sabes lutar bêbado. O italiano, distraído, já procurava sua bota no chão.

Parecia que a disciplina se desmantelara do lado romano com o anúncio do fechamento das apostas, porque o pintor já estava bebendo vinho de uma botija que Madalena vertia voluptuosamente em sua boca. Se ainda por cima ele começar a beber, logo acabas com ele, disse o duque; continua a jogar como vinhas jogando. O lombardo já havia dado meia-volta e sua vadia lhe massageava os ombros. Os últimos apostadores depositaram suas moedas. Não vos parece um tanto preocupante que absolutamente ninguém além de nós tenha posto dinheiro do nosso lado da corda?, perguntou Barral.

O poeta fez um último esforço para desagravar sua honra pelas armas. O italiano o derrubou e lhe encostou a ponta da espada no pescoço. Parece que o rapaz custa a entender, disse, olhando para o duque. E dirigindo-se ao outro: Por que não te viras que eu te meto isto aqui no cu? Agarrou o sexo. Nesse instante se ouviram os passinhos quase monásticos do matemático. Que fazes?, gritou. Deixa esse moço em paz e vem já para casa. O italiano tornou a guardar as armas. Já posso ir dormir?, perguntou, encarando o poeta. É um assassino, acrescentou o duque, tentando fazer seu amigo cair em si. Obrigado, o artista fez uma reverência. O professor o abraçou para levá-lo. Por que tudo sempre tem que acabar mal?, perguntou-lhe, e dirigindo-se aos espanhóis: Por favor, senhores, desculpai-o; ele está bêbado, amanhã não se lembrará de nada. Quando já se viam somente suas costas, o poeta deu um grito destemperado: Eu o desafio a duelo. Todos ficaram estáticos por um segundo. O duque soltou um sonoro *Me cago en la leche del niño*. Comecemos de uma vez, gritou o poeta, fazendo de tudo para aparentar segurança. O artista — a cabeça apoiada no rosto de Madalena, os olhos fechados — jogou-lhe a bola com desdém, sem nem sequer se virar para ele. O poeta a apanhou com firmeza no ar. Aposto que não sabes de quem é o cabelo que atufa essa bola que tens na mão, gritou-lhe o artista, ainda sorrindo. O espanhol deu de ombros. Realmente não lhe importava. Quicou-a no chão e caminhou até a linha de saque. O escapulário, disse o duque, toca o escapulário. Esperou que o artista se instalasse em seu lado da quadra para gritar *Tenez!*

O matemático e o *capo* se viraram para fuzilar o poeta com os olhos. Tens ideia do que dizes, *buggerone?*, perguntou o *capo*; vou-te matar e depois me cortarão a cabeça. O duque pôs a mão na testa. Colega, disse, retira já tua palavra, eu te suplico. E então?, perguntou o *capo*. Ao meio-dia, disse o poeta, na Piazza Navona; tu escolhes as armas. O matemático e o artista sacudiram a cabeça com incredulidade, o duque enfiou as mãos no cabelo, inflou as bochechas, expulsou o ar. Quais serão as armas?, perguntou. O professor se adiantou ao amigo. Raquetes, disse, as armas serão raquetes, e o duelo a três parciais com apostas; quem ganhar duas vence. O *capo* gargalhava quando, para fúria do poeta, o duque confirmou: Piazza Navona, meio-dia, *pallacorda*. Como sabemos que virão?, perguntou o poeta já um tanto desmoralizado. Todo mundo me conhece, disse o italiano: Sou Caravaggio. Francisco de Quevedo, respondeu o espanhol, arregalando os olhos. E o senhor?, disse apontando com o nariz para o professor. Galilei, estou hospedado no Palazzo Madama.

O nobre se apresentou por conta própria: Pedro Téllez Girón, duque de Osuna. O poeta sacou com todo o efeito que pôde. A bola bateu no teto da galeria. O artista a esperou embaixo. Apanhou-a numa paralela de arrepiar que entrou direto no cadoz. *Caccia per l'italiano*, gritou o professor. *Due, uguali.*

Encontro de civilizações

Hernán Cortés para um de seus capitães num momento de paz, ambos acalentados pelo clamor dos insetos na noite do altiplano: Quando esses selvagens jogam bola, cortam a cabeça do ganhador. O soldado coça a cabeça: São uma raça demoníaca, devemos ensinar-lhes que se corta a cabeça é do perdedor.

O manto do imperador II

Don Diego de Alvarado Huanintzin, nobre nauatle e mestre plumista, trabalhava na oficina de arte plumária de San José de los Naturales — o antigo aviário de pássaros de penas suntuárias do imperador Moctezuma — quando conheceu Vasco de Quiroga. Foram apresentados por frei Pedro de Gante, que administrava o que restava do *totocalli* — como se chamava esse tipo de aviário — depois dos anos brutais da invasão. Quando, em 1535, Vasco de Quiroga fundou o povoado de Santa Fé, levou Huanintzin e seu filho para lá montarem um aviário de penas preciosas e uma oficina de arte plumária.

O advogado e o plumista logo estabeleceram uma relação direta e sem hierarquias: os dois eram nobres; os dois haviam integrado uma corte imperial na juventude; os dois ficaram, nos doze anos mais confusos em sabe-se lá quantos séculos para duas culturas gigantescas e antigas, na estranhíssima situação de, na realidade, serem livres.

Vasco de Quiroga não tinha motivo algum para voltar à Espanha e estava animadíssimo com a ideia de fundar uma sociedade baseada em princípios racionais; o índio simplesmente não tinha para onde voltar, mas conseguira se acomodar num lugar relativamente seguro e muito confortável depois de anos de escuridão, miséria e medo: seu status de nobre era respeitado e seu trabalho era alvo de tamanha admiração que a maioria das peças fabricadas em sua oficina era imediatamente embarcada para enfeitar palácios e catedrais na Espanha, na Alemanha, em Flandres e no ducado de Milão.

Diferentemente da maioria dos mexicanos, *don* Diego de Alvarado Huanintzin sabia, sim, o que tudo aquilo significava: tinha estado na Europa. Pertencia ao seleto grupo de artistas nobres que se encontraram com o sacro imperador na primeira viagem à Espanha de Cortés e sabia muito bem que os novos senhores do México podiam ser uns comedores de chouriços de sangue de porco, mas também eram capazes de se elevar muito acima da própria barbárie na hora de erguer palácios, pintar telas, cozinhar animais ou, o que mais o impressionara, fazer sapatos.

Desde que o navio em que o embarcaram à força, mas não como gado, perdera de vista a terra americana, Huanintzin entendeu que sua habilidade para sobreviver às novas circunstâncias dependia de que ele aprendesse espanhol, por isso, quando chegou a Sevilha depois de duas escalas, em Cuba e nas Canárias, já arriscava palavras de cortesia na língua dos conquistadores e era capaz de dizer que ele e seu filho ficariam contentes em confeccionar para Sua Majestade uma grossa capa de pluma branca: os marinheiros tinham dito a ele que o mais diferente na Espanha era o frio.

Cortés adorou a ideia de que o plumista e seu filho fizessem uma pequena demonstração de sua arte na corte — ele mesmo tinha, sobre sua cama na casa de Coyoacán, um espetacular manto de penas que reproduzia o nascimento das águas nos mananciais e sua morte pela chuva — e imediatamente privilegiou

Huanintzin entre seus demais acompanhantes. Ele não apenas arranhava o castelhano — um castelhano infame, mas que se entendia —, mas era o único que parecia disposto a interpretar sua nova circunstância.

Uma vez em Toledo, o conquistador conseguiu que montassem uma oficina para o mexicano junto às cavalariças do palácio e conseguiu que lhe fosse franqueado o acesso irrestrito à cozinha, onde o preparo de patos, gansos e galinhas lhe permitia uma coleta de matéria-prima suficiente para produzir a capa de um imperador que, como o plumista começava a entender, derrotara o dele por ser infinitamente mais poderoso, apesar de viver numa cidade escura, gelada e descolorida.

Depois de acomodá-lo em sua nova oficina, de abastecê-lo de tecidos, colas, tintas, pincéis, ferramentas e o auxílio das cozinheiras reais, Cortés perguntou a Huanintzin se precisava de mais alguma coisa para afagar o imperador. Uns sapatos, respondeu. Como quais, devolveu o conquistador, pensando que estaria com frio e queria umas alpargatas de lã. Uns iguaizinhos aos teus, disse-lhe Huanintzin — que, sendo nobre e plumista, considerava aquele fidalgo degradado a militar um homem de classe um tanto baixa. Com tigelas. Tigelas?, perguntou-lhe Cortés. O índio apontou para o peito de seus sapatos, adornados com uma fivela de ouro engastada de madrepérola. Fivelas, disse-lhe o conquistador, sapatos com fivelas. Isso.

Obviamente, Cortés não comprou para Huanintzin um par de sapatos bordados em prata como os dele — além de monstruosamente caros, caminhar com aquilo era como enfiar os pés num par de argolas de ferro —, mas umas boas botinas de tacão alto com fivelas de latão e, para completar o conjunto, um par de meias, camisas brancas e uns calções pretos de menino rico que lhe caíram muito bem.

O índio recebeu as roupas como quem as merece — sem

lhes prestar muita atenção nem agradecer por elas — e fez um último pedido ao conquistador antes de pôr mãos à obra. Poderias me arranjar também uns cogumelinhos? Cogumelinhos? Para ver coisas bonitas na ova de fazer a carpa do rei. O nome é capa. Pensei que capar fosse cortar os vagos de alguém. Os bagos. Bagos não, eu te pedi cogumelinhos. Aqui te queimariam vivo, e eu junto, se te descobrissem bêbado de cogumelos. Eu não vou babar os cogumelos, vou comer. Na Espanha não tem disso. Ansim não vai ficar tão bonita a carpa real.

Huanintzin gostou de sua roupa, mas achou que era pouco vistosa para sua dignidade de plumista-mor de volta aos currais de um palácio imperial, por isso usou as primeiras penas de ganso espanhol para estampar numa de suas camisas — a que ele usava para fazer boa figura — uns abacaxis que lhe pareceram equivalentes aos leões de Flandres que viu bordados a ouro na capa de Carlos I. Nas calças pôs um debrum de penugem branca nas costuras laterais que as transformou no primeiro e alucinado esboço daquilo que anos mais tarde seria um *mariachi*. As cozinheiras foram complacentes ao máximo com aquele senhor minúsculo que examinava o pescoço e as axilas das aves vestido como santo em procissão. Quando a peça lhe parecia digna de ser depenada, agachava-se sobre ela, tirava umas pinças minúsculas da cinta, soprava o cabelo que lhe cobria os olhos e depenava com uma minúcia exasperante a parte do animal que lhe interessava — as cozinheiras já sabiam que, quando ele selecionava um pássaro, deviam transferi-lo para o cardápio do jantar, pois nunca ele terminaria antes do almoço. Depois de horas, voltava feliz para sua oficina, geralmente com uma colheita de penas tão ínfima que mal enchia um prato fundo. Às vezes examinava o animal e não o achava interessante — era impossível saber de antemão em qual ele detectaria material para a capa do rei. Em outras ocasiões, descobria que naquele dia não cozinhariam aves. Mesmo então ele passava longas horas na cozinha, encostado na parede para não atrapalhar. Admirava-se com o tamanho das peças que entravam e saíam do fogo. Que é isso?, perguntava de quando em quando. Fígado de vaca. Corria então até a oficina para contar ao filho que o rei iria comer címbalo de paca. E isso, o que é? Um bicho que assovia, feito uma ostra gigante da terra, explicava-lhe em nauatle.

Quando a carta do papa Paulo chegou à fronteira da cristandade — naquela altura, a vila purépecha que ia renascendo em meio às ruínas do que antes havia sido a cidade imperial de Tzintzuntzan —, todos já chamavam Huanintzin de *don* Diego, que continuava a usar camisas de algodão estampadas com abacaxis, que lhe pareciam supereuropeias, e seu par de botinas toledanas. Já lia e falava um latim também muito torturado por seu ouvido de mercador. Olhe, disse Vasco de Quiroga estendendo-lhe a carta em que acabava de romper o selo cardinalício de Paulo III. O plumista a leu seguindo as linhas com o dedo. Vou contigo, respondeu por fim, assim aproveito para cumprimentar o Carlos.

Don Diego não tinha saudade dos velhos deuses. Sua relação acima de tudo simbólica com os cultos que a vida sucessivamente o pusera em situação de professar passava por uma série de rituais que lhe pareceram vazios quando oferecia seu trabalho aos quatro Tezcatlipocas das quatro direções do mundo e lhe pareciam igualmente vazios agora que o oferecia aos três arcanjos e ao Nazareno. Precisas sempre chamá-lo "o Nazareno", Huanintzin?, costumava perguntar-lhe Tata Vasco, que gostava muito de sua prosa. Mas é isso que ele era, *don* Quiroga, um Nazareno, e o senhor sabe que eu prefiro que me chame de *don* Diego; não me batizei pra ser seu lacraio. Lacaio, *don* Diego, lacaio. Achava bom que os incensos e as bênçãos se restringissem aos domingos e não durassem muito mais que uma hora — volto daqui a porquinho, dizia na oficina para avisar que estava indo à missa —, que a cerimônia se realizasse sem que fosse preciso varar o sexo com um espinho de agave e que no final a comunhão se limitasse a um pedacinho de pão sem levedura, sem a obrigação de comer ensopado de morto em palácio, como se fazia no tempo de Moctezuma: a carne humana era um pouco borrachenta e o molho, picante demais. Não tinha saudade do sangue jorrando do coração sacrifical, do arremesso das cabeças para a massa embotada de alucinógenos, do rolar dos corpos decapitados escadarias abaixo.

Tinha saudade, sim, da ordem e da higiene do governo indígena; da polícia que funcionava, da sensação de pertencer a um círculo fechado de amigos que dominava um mundo que terminava logo ali, da segurança que dava saber que falar nauatle bastava para ser entendido por todos. E essa saudade continuava a doer. Pouco importava que sua situação atual fosse mais confortável; preferia que a invasão dos espanhóis nunca tivesse acontecido, que seus pais tivessem morrido de velhice e não de sede durante o cerco; preferia que sua mulher não tivesse sido estuprada até a morte pelos tlaxcaltecas e que os cachorros dos espanhóis não tivessem devorado as gêmeas. Gostaria de ter podido enterrar seus irmãos e seus primos, mortos em combate; que não tivessem levado suas cunhadas como escravas, que elas não tivessem preferido jogar seus bebês no lago a vê-los padecer a vida que os aguardava.

Huanintzin se escondera com o filho mais velho no *totocalli* logo no início do saqueio de Tenochtitlán, e os dois se salvaram porque Cortés tinha um fraco pela arte plumária. Tudo perdido, começou de novo, sentindo que tinha trocado uns privilégios por outros. Seu filho nunca usaria o orgulhoso coque dos estudantes de Calmecac, mas também não iria à guerra; não aprenderia os poemas que haviam feito a glória do império nem desfrutaria do privilégio de ser considerado um artista quase sagrado em palácio, mas em compensação tinha ganhado essa coisa incrível e libertadora que era andar a cavalo; e o que mais lhe agradava naquele mundo novo também para os índios: os sapatos, a carne de boi, as elegantes camisas com abacaxis que já eram a marca da casa e que no tempo de Moctezuma teriam sido consideradas um sinal de arrogância castigável com a morte.

Não, disse Vasco de Quiroga, acho que vou sozinho; é uma reunião de bispos para salvar a Igreja, não uma expedição de ciganos como a que Cortés organizou para entreter o rei. O plumista deu de ombros e soprou o cabelo que lhe caía sobre o rosto. Se precisar de mim, é só me dizer. Para que eu precisaria? Não sei: para mandar um agarrado para o papa. Um agarrado? Sim, para amassageá-lo. Ninguém toca em Sua Santidade. Claro, para isso que ele é papa, mas aposto que seus bispos lhe fazem umas boas amassagens. Homenagens. Isso, amassagens. Mas um agarrado não, continuou a provocá-lo o padre. Por quê? É um homem de Deus, Huanintzin, deve passar dos oitenta. É só pensar no agarrado certo, completou franzindo o cenho e acariciando a barba irremediavelmente rala, que seria bem melhor que ele raspasse. Mas como assim, um agarrado para o papa? Tem que ser um bem bonito, respondeu o índio. Depois se despediu como se nada houvesse: Vou indo, que já está chovendo.

Embora Huanintzin estivesse filiado ao hospital de Tzintzuntzan, resolvera instalar seu aviário e sua oficina de arte plumária num local afastado. Quiroga havia determinado que seu hospital ocuparia o prédio do antigo palácio do imperador purépecha, e o índio achou que esse lugar não podia ser bom para ele. Eu não vou montar um *totocalli* nesse chafurdeiro de almas penadas, dissera, vão matar os passarinhos, e nós trabalhamos de noite; nem queira saber as coisas que vão aparecer quando enchermos a barriga de cogumelos para poder trabalhar bonito.

Quiroga achou o argumento razoável: de fato, para controlar o efeito luminescente das penas preciosas, os artistas trabalhavam sobretudo à noite e em ambientes de luz controlada: barracões sem janelas onde as únicas fontes de luz eram círios de cera de abelha. Já escolhi o terreninho adonde a oficina vai ficar melhor, Huanintzin dissera a Quiroga; e o senhor veja quando me faz a escritura, aproveitando que é letrado.

O terreno era um vale em declive que começava no sopé de um morro coberto pelo tosão negro de uma floresta de pinheiros e terminava na beira do lago. Estava completamente isolado das demais comunidades, com o relvado esmeralda aparado rente por um rebanho de ovelhas, as montanhas vigilantes na distância. Era, de longe, o lugar mais lindo que Quiroga tinha visto na bacia do lago de Pátzcuaro, que por sua vez era, a seu ver — e ao meu também —, o lugar mais lindo do mundo. Onde montarás a oficina?, o bispo perguntou ao plumista. O índio apontou para o alto do vale. O senhor vai me escriturar o valezinho todo ou só a oficina? Em Mechuacán não há escrituras, respondeu-lhe o padre, tudo é de todos. Acontece que essa parte é de uns purepechinhas aí, devolveu Huanintzin, mas eles só querem o terreno para plantar abóboras e criar borregos. O bispo pensou um pouco: Podes montar tua oficina, sim, mas só se fundares uma vila de plumistas. Mas se eu só tenho um filho, como vou afundar um povoado? Em sociedade com os purépechas. Quer que eu os ensine a trabalhar com as penas? O bispo afirmou com a cabeça. E aí o senhor me dá as escrituras? Quiroga trovejou com a boca e negou com a cabeça. Eu te daria uma declaração de fundação. E umas escrituras para minha oficininha. Não!

Durante meses, outro índio, que se dizia tabelião e representante de *don* Diego de Alvarado Huanintzin e da recém-fundada vila de Cercanias, fez plantão na antessala no arcebispado, de sol a sol, sem conseguir que Quiroga o recebesse. Por fim, o bispo improvisou umas escrituras apenas para se livrar do sujeito. Só então soube que naquele vale perfeito que havia visitado com o plumista já estava instalada a oficina de arte plumária, cinco casas familiares e um refeitório comunitário.

# Terceiro set, quinto game

O duque perdeu a compostura que vinha conservando a duras penas desde o início da partida ao ver como o lombardo havia encaçapado a bola no ponto anterior. Caralho, disse. Barral murmurou ao seu ouvido: Estamos bem arrumados, chefe. Nenhum dos dois jamais tinha visto uma paralela como aquela, tão veloz que era quase invisível, tão precisa que parecia, mais que ter entrado no buraco matador, ter sido tragada pelo muro. O duque pediu tempo e chamou seu valido. O poeta continuava a sentir a vitória ao alcance da mão e estava convencido de que a fuzilada de seu oponente fora apenas fruto do acaso. Vimos como ele passou a partida inteira tentando acertar, disse ao duque, e só agora conseguiu, sem dúvida foi sorte. O duque balançou a cabeça. Barral ergueu um dedo, pedindo licença para intervir. Que é?, perguntou o chefe. Também pode ter sido encenação para nos fazer apostar tudo. Uma sombra de dúvida atravessou o rosto do poeta. O homem está morrendo de ressaca, disse; duvido que ele tenha sido capaz de aguentar a partida inteira só para ganhar uns trocados. Bah, disse o duque. Por ora, esquece o efeito no saque e manda a bola para o fundo da galeria, para que o cadoz não fique tão perto dele e tenha que lançá-la em curva.

O poeta voltou ao seu campo. *Tenez!* Mandou uma bola lenta e sem efeito que deveria cair como uma bexiga no canto do fundo da cobertura. Acompanhou sua ascensão e notou, desde que começou a descer, que a colocara exatamente onde queria. Ia quicar estranho, ia cair num lugar incômodo, o italiano ia ter que pegá-la num ponto distante e, com sorte, de revés.

O duque chegou a gritar: Cobre o cadoz, ao ver um brilho nos olhos do artista, que só estava esperando sua hora. Recuou sorrindo até atrás da linha de base e cruzou o braço para receber a bola de revés. O espanhol correu para o fundo. Quando viu a pedrada que vinha em sua direção, baixou a cabeça. *Caccia per il milanese*, disse o matemático. *Tre-due.*

Sobre a vestimenta dos utopianos

Todo o povo comparece ao templo de roupas brancas. Os sacerdotes usam vestes de cores variadas, ricas por seu feitio e forma mais que por seu material. Os tecidos não são trançados em ouro nem bordados com pedras preciosas, mas lavrados com penas de aves com tanta arte e habilidade que nenhuma fazenda, por rica que seja, poderia com eles competir. Na elaboração, distribuição e maneira de estarem dispostos nas vestes dos sacerdotes, esses desenhos de penas encerram os mistérios do culto.

THOMAS MORUS, *Utopia*, 1516

O agarrado do papa

O núcleo que Huanintzin fundou ao pé da serra dedicava-se exclusivamente à arte plumária, e só tolerava as ovelhas porque elas aparavam a relva e mantinham longe as cobras e os ratos--do-mato. Quem preferisse continuar dedicando-se à pesca ou ao cultivo de abóbora era convidado a se retirar pelos aprendizes de *don* Diego, em aterradoras visitas noturnas que eles faziam armados de paus e pedras.

O casario, por ficar muito perto de Tzintzuntzan e ser realmente minúsculo, nunca teve nome, ou só o teve na cabeça de Huanintzin e Tata Vasco, por mais que, nas escrituras de araque concedidas pelo bispo, tivesse sido formalmente batizado como "Cercanias" — em homenagem à diligência que ligava o mercado de Toledo a Talavera de la Reina e Aranjuez, quando o plumista visitara a corte real: Huanintzin pensava que Cercanias fosse um lugar.

De todas as comunidades que formavam o bispado, que na realidade era um reino pessoal de Vasco de Quiroga, sua favorita era Tupátaro, por estar encravada entre as mais ricas hortas da

Nova Espanha, e seu espírito, como o de todos os ditadores vitalícios, entendia melhor as unidades produtivas que as comunidades de artistas. Mesmo assim, se a tarde agonizava estando ele no hospital de Tzintzuntzan, Tata Vasco ia até Cercanias para rematá-la: o sol derramado por trás dos montes azuis, o minuto fatal em que a água do lago se detinha para dar passagem às almas dos mortos, o tobogã esmeralda da relva aparada pelas ovelhas, a interrupção das crianças. Se ele pudesse, teria instalado o arcebispado em Tupátaro, e não em Pátzcuaro, para viver lá, mas acreditava que, se continuasse sendo bom, quando morresse iria para Cercanias.

    Quiroga constatou, de longe, que as casas que antes eram de paus e folhas de palmeira agora eram de adobe e que a oficina já era uma robusta edificação caiada e com telhado de telha, que o *totocalli* estava perfeitamente organizado. Passou pela cozinha comunitária para cumprimentar as mulheres, atarefadas no preparo do jantar. Os homens estão no barracão?, perguntou. Uma das mulheres, que não falava castelhano, mas sim nauatle, respondeu que fazia onze dias que Diego estava trancado lá com eles, trabalhando, que não as deixava ver seus maridos nem quando lhes levavam a comida. Se continuar assim, completou outra em castelhano, as crianças vão virar bichos. E o que eles estão fazendo?, perguntou Quiroga. O senhor sabe como *don* Diego é cheio de mistérios, disse uma das purépechas em castelhano; nisso ele continua sendo mexicano. Os nauatles são um povo esotérico, completou o bispo. Isso mesmo, respondeu a índia, sempre feito um azeiteiro. O padre pensou que, além da oficina de arte plumária, Huanintzin tinha instalado outra de espanhol imaginário.

    As mulheres puseram um lugar para ele na mesa. Vamos, Tata, coma alguma coisa antes de as crianças voltarem. Sentou-se e não conseguiu resistir a uma dose talvez exagerada de *corun-*

das, mesmo sabendo que em seguida teria que jantar com os emissários de Zumárraga, que logo chegariam ao hospital para discutir a postura dos bispos da Nova Espanha em Trento. A situação era complicada: Carlos I defendia que as sessões incluíssem os bispos dissidentes da Alemanha e da Inglaterra — os primeiros porque eram seus súditos, os segundos porque Henrique VIII era seu grande amigo, e o imperador não se conformava em nunca mais jogar tênis com ele. Nesse sentido, a presença dos bispos neo-hispânicos era essencial, e principalmente a de Vasco de Quiroga: ele havia organizado, nos confins do império, uma comunidade bem-sucedida baseada nas ideias de um humanista britânico que, além de tudo, era o conselheiro pessoal de Henrique VIII. Ainda não se sabia, na Nova Espanha, que o rei inglês já mandara decapitar Morus, o que tornava a postura de Carlos em Trento absolutamente insustentável: Roma já contava com um primeiro mártir do que logo seria a Contrarreforma, e os bispos neo-hispânicos, assim como os espanhóis, acabaram nunca chegando a Trento.

Mas tudo isso são coisas conhecidas por nós, que vivemos num mundo em que o passado e o presente são simultâneos porque as Histórias são escritas para acreditarmos que A leva a B, e portanto faz sentido. Um mundo sem deuses é um mundo na História, nas histórias como esta que estou contando: oferecem o consolo da ordem. Aquele mundo, o mundo que Quiroga havia inventado, era um mundo alucinante e sem direção, crescendo na mão de um Deus reconhecido a par de outros clandestinos, todos disputando o significado das coisas; a bacia do lago Pátzcuaro, um pingo de saliva divina no qual, como num sonho, estavam expostos os mistérios. Tata Vasco deu cabo de sua última *corunda* e espiou pela porta para ver o sol se pôr atrás da água e dos morros. As crianças iam voltando do lago, umas crianças que falavam indistintamente purépecha, nauatle e castelhano, umas crianças de Quiroga que Quiroga acreditava serem de Deus. Agradeceu às mulheres e se encaminhou pela ladeira esmeralda da colina, matando os mosquitos que se encarniçavam em sua nuca. No final da trilha, a fresta inferior da porta trancada expandindo a luz enlouquecida das velas que Huanintzin demandava para poder fazer seu trabalho direito.

O bispo não se lembrava de nenhuma encomenda feita recentemente à oficina de plumária. Pelo menos não uma tão grande que exigisse onze dias de absoluta reclusão do artista com todos os seus aprendizes. Bateu palmas para espantar as ovelhas que já se acomodavam com suas crias na calçada do barracão e para que os plumistas soubessem que ele estava chegando. Completou a subida, respirou fundo e bateu à porta. Gritou: Sou eu, *don* Diego, Tata Vasco. O plumista abriu a porta com os olhos vidrados e a mandíbula travada dos que já não estão de todo entre nós; obviamente tinham trabalhado sem parar durante os onze dias que as mulheres haviam comentado, dormindo e comendo o mínimo possível. Posso entrar?, perguntou o bispo. Huanintzin — a prega sob os olhos avermelhada — sorriu-lhe com um orgulho que o padre sempre achava um pouco temível, como se a consciência repentina de suas disciplinas de artista superior pudesse de repente se transformar em ação e apagar de um só golpe a passagem do Deus dos cristãos por aquelas terras que talvez não precisassem mesmo dele. Entre, disse, soprando uma mecha de cabelo com um meio sorriso em que se batiam todas as chamas das velas que iluminavam a oficina.

Dentro, espalhado sobre a mesa, o bispo viu arder o grupo de peças luminescentes mais assombrosamente delicado e poderoso que tinha visto em toda a sua vida. Que é isso?, perguntou ao índio. O agarrado do papa. Ao dizer "agarrado" você parece falar de um rapaz que os outros enrabam, soltou o bispo, um tanto exasperado por ver-se de repente devolvido à vulgaridade da linguagem e da política. O índio arregalou os olhos. Se quiser, podemos arranjar um rapazinho otomi, mas acho que esse agarrado está mais bonito.

O bispo avançou e pegou uma das peças. Cuidado, que a cola ainda não cercou, disse o índio. São mitras? Passionárias, explicou o plumista, para que Sua Castidade as use na própria Semana Santa e saiba que aqui estamos seus guerreiros. Santidade, disse o bispo, mas não falou com a intenção de corrigi-lo, e sim para expressar que, se havia um objeto humano que merecia ser chamado assim, era aquele. Que mundo nós destruímos, Huanintzin?, disse; tu que és o homem de Deus. Os cogumelos ajudam, lesmo que o senhor não goste. Não quer um pouco? Acho que ainda tenho alguns. São *derrumbes* ou *pajaritos? Derrumbes* e também *pajaritos.** Vou pegar só meio punhado de *pajaritos,* que daqui a pouco tenho uma reunião.

Saíram da oficina para olhar o trânsito da última luz. Ficaram em silêncio até que Quiroga notou que o prado começava a respirar e a superfície do lago se transformava na janela para o mundo dos velhos deuses. Estavam jogando bola, indiferentes à própria extinção. Já viu como estão bonitos os borreguinhos de luz?, Huanintzin perguntou ao bispo, dando-lhe uma sacudida para que não trincasse. As árvores, meu *don* Diego, as árvores, como é lindo vê-las engordar de seiva. Agora sim está pronto para olhar as mitras de Sua Castidade, disse o índio morrendo de rir.

---

* Os cogumelos alucinógenos *Psilocybe caerulescens* e *Psilocybe mexicana*. Os primeiros são chamados popularmente *derrumbes* por brotarem sobretudo em pequenos desbarrancamentos de terra úmida; os segundos, *pajaritos*, por nascerem em pastos. (N. T.)

Arte da língua de Mechuacán

JOGO COM ROSAS COMO QUEM JOGA COM BOLA — Tsitsiqui apantzequa chanaqua.

JOGO COM DUAS OU TRÊS BOLAS JOGANDO-AS PARA O ALTO E TORNANDO A RECOLHÊ-LAS — Tziman notero tanimu apantzen mayocxquareni.

JOGO DE BOLA COM A MÃO — Apantzequa chanaqua.

JOGO DE BOLA COM O JOELHO — Taranduqua hurincxtaqua.

JOGO DE BOLA COM AS NÁDEGAS — Taranduqua chanaqua.

FREI MATURINO GILBERTI, 1558

Terceiro set, sexto game

Agora só te resta sacar de modo que a bola rebata na beira do telhado, disse o duque. Estiveram nos cevando, mas ele ainda pode errar o alvo, e na volta tu o matas. O poeta mordeu o lábio inferior sem dizer nada, balançou a cabeça. Alguma proposta, Otero?, perguntou ao guarda-costas. Este encolheu os ombros: Forte e com efeito no canto do telhadinho, para obrigá-lo a correr atrás da bola sem lhe dar tempo de apontar para o buraco. E botar o corpo na frente do cadoz, claro, disse o duque. Isso é obstrução, apontou o poeta. Se ele a apanhar, não tem outro jeito, e sempre nos restará alegar que não foi de propósito. O poeta ergueu as sobrancelhas.
Tenez! Sacou certo: forte e no canto. Inverossimilmente, o artista alcançou a bola e voltou a lançar uma paralela que claramente iria entrar na caçapa. O poeta pôs a cabeça para protegê-la. A bola bateu em sua testa.
Enquanto desabava, ouviu um rumor de aprovação aflorar também do lado italiano da tribuna: era preciso muita coragem para barrar aquela pedrada com o corpo. Também ouviu a voz do matemático: *Ostruzione, tre a tre.*

Sete mitras

A descrição de uma obra de arte, assim como o relato de um sonho, interrompe e arruína a narração. Uma obra de arte só seria narrável se alterasse a linha que a História vai desenhando, e quando uma obra de arte, assim como um sonho, merece ser lembrada, é justamente por representar um ponto cego na História. A arte e os sonhos não nos acompanham por serem capazes de movimentar as coisas, mas por interromperem o movimento do mundo: funcionam como um parêntese, uma barragem, a saúde.

Valeria a pena fazer uma viagem com sete paradas para ver as sete mitras da oficina de *don* Diego Huanintzin nos museus que as exibem. Uma delas está na catedral de Toledo, outra no Museum für Völkerkunde de Viena, outra no Escorial, outra no Museo degli Argenti de Florença e outra, aquela que foi vista por Caravaggio, na Veneranda Fabbrica do Duomo de Milão. As mais maltratadas estão uma no Museu Têxtil de Lyon, na França, outra na Hispanic Society of America de Nova York. São sete barretes episcopais alucinantes representando cenas da crucificação maceradas pelo cérebro abarrotado de cogumelos de um grupo de índios de Michoacán. Exceto uma delas, que representa a árvore genealógica de são José, nas outras seis há um emblema formado pelos monogramas IHS e MA, que eram o símbolo gráfico de Jesus e Maria. Em todas, o M ocupa o espaço central da peça, com um Cristo crucificado como numa árvore da qual fluem seus atributos.

A mitra que Paulo III legou ao papa Pio IV e este deu de presente a são Carlos Borromeu na *loggia* dos Colonna, a mesma que Federico, primo do santo, levou a Roma para usar nos ritos da Quaresma que lhe coube oficiar imediatamente depois de chegar refugiado ao Palazzo Giustiniani, é provavelmente a mais bem conservada das sete. Além de conter os motivos tradicionais do culto pascal — a coluna, a escada, a lança, o Calvário, a coroa de espinhos —, a mitra de Carlo Borromeo é decorada com motivos que devem ter parecido coisa de outro mundo aos olhos do santo, porque de fato o eram: aves, árvores, nuvens, criaturas voadoras quase angelicais, raios que se entrelaçam e sustentam as figuras católicas clássicas como aquilo que elas eram no México da época: imposições comedidamente aceitas mas superficiais, figurinhas montadas sobre um sistema neurológico que via a trama do mundo de outro modo, um mundo e as instruções que era preciso seguir para poder enxergá-lo. O filho ascendendo no monograma da mãe não como carne torturada na História, mas como um pássaro que se eleva para seguir o sol porque morreu em combate. As flores, as sementes, as aves não como adornos, mas como as sílabas de um universo no qual o terrenal e o divino são separados apenas pelo véu diáfano de uma consciência basculante. Os anjos derramando estrelas como sementes.

Na mitra de Carlo Borromeo, o mundo está repleto de todo o mundo e suas cores têm uma intensidade simplesmente inimaginável para o olho europeu de seu tempo. Pense-se em Caravaggio admirando sua filigrana quando entrou no *studiolo* do cardeal de Milão em Roma, para trabalhar, e descobriu com surpresa que o desenho não estava pintado sobre o tecido, como lhe parecera de início, mas feito de outro material, orgânico e palpável, que mudava de tom conforme se passava o dedo por sua superfície: um raio de luz, a esteira da carícia sobre as penas.

Vasco de Quiroga tinha visto muitas peças de arte plumária quando *don* Diego lhe mostrou as mitras, mas todas as peças que ele vira antes daquelas haviam sido desenhadas por frades; os índios apenas as coloriam. Na oficina e iluminadas somente pelas velas, escancaradas ante seus olhos graças aos cogumelos, as mitras eram para Quiroga sete fogos vivos, um desfraldar de luz ondulando ao ritmo da respiração dos deuses, que, mudos e indiferentes, continuavam — talvez continuem — a entrelaçar os fios do tapete que nos sustenta.

Caravaggio deve ter pensado, depois das quatro da tarde, quando o sol romano penetrou direto pela janela, que estava na hora de suspender sua representação do muro do *studiolo* de Federico Borromeo no quadro da cesta de fruta. Deve ter tomado certa distância para ver seu trabalho do dia enquanto enrolava os pincéis num pano. Depois deve ter limpado os dedos na calça. Então, hipersensível como era às refrações da luz que perseguia incansavelmente em seu estúdio fechado e negro, deve ter notado que a mitra estava mudando de cor por conta própria, como se estivesse viva.

Vasco de Quiroga deslizou os olhos expandidos pelo efeito dos cogumelos pela superfície das sete mitras. Sentia a carícia das penas nos cílios e podia ver como o mundo representado ali se animava como uma colmeia que continha tudo, e tudo se movia pelo bom caminho. As aves voavam quietas, os anjos lançavam para sempre sementes de estrelas, o filho se elevava aproveitando o impulso da vagina sagrada da terra. Escolheu aquela mitra que

Caravaggio veria, pegou-a e disse: Esta aqui eu faço questão de entregar pessoalmente ao papa Paulo.

Caravaggio ergueu as mãos e tirou a mitra do suporte em que estava apoiada. O dourado do pentagrama formado pelas letras IHSMA rebentou em suas pupilas, as figuras vestidas de azul dos santos virando os olhos para todos os lados, ensinando-o a ver de um modo mais amplo. Sacudiu a cabeça, para sair de um sonho. Levou a mitra para o lugar onde a luz batia diretamente, e então ela se acendeu por inteiro. O vermelho, pensou, concentrando-se em destramar o mistério do fogo que não queima, da iridescência que não ofusca. O vermelho, Vasco de Quiroga disse a Huanintzin. As figuras coloridas são o que se move sob os olhos de Deus, mas a trama vermelha que há por baixo é Deus, suas instruções. Ah, vá, respondeu-lhe o plumista.

O poeta abriu os olhos. Estava vendo tudo vermelho, apalpou a parte da sobrancelha em que a bola tinha batido. Estava aberta. Ouviu um tropel de gente em redor. Levantou uma das mãos e a espalmou para indicar que estava bem.

Caravaggio inclinou a mitra, viu que as figuras se animavam. Os rostos faziam gestos, Cristo se elevava num exercício de natação celeste que era sua salvação e de mais ninguém, a salvação dos que morrem em combate, qualquer que seja — este romance é o combate. Entrecerrou os olhos e só assim conseguiu focar o fundo de folhas e ramos vermelhos que enlaçava o resto das imagens. Quem fez isso, pensou, consegue ler o projeto de Deus. Quando se fez um silêncio, o poeta anunciou: Vou continuar. Acabava de entender que não estava disputando uma partida de *pallacorda*, mas um sacrifício. O índio sorriu mostrando uns dentes que aos olhos do padre eram claramente de guerreiro. O vermelho é o sangue da terra, as veias do mundo, disse o bispo, o plano de Deus. Os cogumelinhos ajudam, disse *don* Diego. Continuou: Leva uma para dom Zumárraga, para que ele te mande, sim, ao encontro de Sua Castidade: és tu quem melhor pode falar por nós. O poeta se levantou e recolheu a bola e a raquete, as figurinhas que se retiravam respeitosamente da quadra nadando num manto vermelho. Não era um jogo. Alguém teria que morrer no final, e seria o jovem que ele mesmo fora naquela manhã; renasceria o católico reacionário, o antissemita, o homófobo, o nacionalista espanhol, o vilão dos dois que era ele mesmo. Apalpou o escapulário. Tudo vermelho. Caravaggio desabou na poltrona do gabinete de Federico Borromeo. Percorrendo a estrutura vermelha do fundo da mitra, sentia que podia escutar a súplica de uma alma antiga, uma alma de um mundo morto, a alma de todos os que se foderam por causa da mesquinharia e da imbecilidade dos que pensam que se trata de ganhar, a alma dos que se extinguiram sem merecer, os nomes perdidos, o pó dos ossos — seus ossos numa praia toscana, os de Huanintzin junto ao lago de Pátzcuaro —, a alma dos nauatles e dos purépechas, mas também a dos longobardos que mil e quinhentos anos antes tinham sido arrasados por Roma como Roma acabava de arrasar com os mexicanos e ele ia arrasar com o poeta. Ouviu: És quem melhor pode falar por nós. *Tenez!*

Morte súbita

Zum. Caçapa. *Caravaggio trionfa di nuovo a Roma.*

Agradecimentos

Este livro foi escrito com o apoio do Cullman Center for Scholars and Writers da Biblioteca Pública de Nova York e do Programa de Estudos Latino-Americanos da Universidade de Princeton. Foi terminado na Itália, na residência de escritores do programa Castello in Movimento, no castelo Malaspina de Fosdinovo.

Nota bibliográfica

Como todos os livros, *Morte súbita* provém em grande medida de outros livros. Quase todos são citados no corpo do romance, o que é permitido por sua forma. Há, no entanto, dois estudos biográficos recentes sobre Michelangelo Merisi que não encontrei um jeito de citar e sem os quais teria sido impossível escrevê-lo: *Caravaggio: A Life Sacred and Profane*, de Andrew Graham-Dixon, e *M: The Man Who Became Caravaggio*, de Peter Robb. Andrew Graham-Dixon estabeleceu a relação, que hoje parece evidente, entre as decapitações pintadas por Caravaggio e sua condenação à morte em Roma. Peter Robb traçou o elo entre a mentalidade de Galileu Galilei e a de Merisi como dois polos que explicam um mesmo sistema. As pesquisas e hipóteses dos dois sobre o papel de Fillide Melandroni no trabalho do artista também estão na base de meu livro. Foram igualmente indispensáveis *Tennis: A Cultural History*, de Heiner Gillmeister, e *Royal Tennis in Renaissance Italy*, de Cees De Bondt. Os trabalhos de Alessandra Russo sobre cultura material no século dos conquistadores, mas sobretudo sua curadoria da exposição

El vuelo de las imágenes, arte plumario en México y Europa, no Museu Nacional de Arte do México, deflagraram boa parte da escritura desta história. O pouco que há de realmente histórico nela vem daí e de *Gusto for Things: A History of Objects in Seventeenth-Century Rome*, de Renata Ago.

ESTA OBRA FOI COMPOSTA PELO GRUPO DE CRIAÇÃO EM ELECTRA E
IMPRESSA PELA PROL EDITORA GRÁFICA EM OFSETE SOBRE PAPEL PÓLEN SOFT
DA SUZANO PAPEL E CELULOSE PARA A EDITORA SCHWARCZ
EM MAIO DE 2016